author
kimimaro
illust.もきゅ
8
家で
言われ続けた俺ですが、
世界的には
超有能
だったようです
JN131951

「大陸の有力者がここまで勢ぞろいするとは……」
ファム
エクレシア

アエリア
ライザ
シエル

「天地よ、
正しき理へ戻れ！」

ジーク(ノア)

「はぁぁぁあっ!!!!」

contents

家で無能と言われ続けた俺ですが、世界的には超有能だったようです８

kimimaro

GA文庫

カバー・口絵・本文イラスト
もきゅ

第一話　さびれた職人街

「こりゃ、とんでもねえな！」

ラージャの街を出て、南へ進むこと数時間。

以前、ロックタイタスを退治しに出かけたパンタネル大湿原の手前。

そこに湿原へとつながる大きな川があり、沢地となっている場所がある。

ここに最近、クリスタルの鱗《うろこ》を持つというリザードの変異種が出現した。

その討伐を請け負った俺《おれ》たちは、さっそく変異種が目撃された大岩を訪れたのだが……。

「デカいですね……！」

「こんなの、もうドラゴンじゃん！」

「リザード種とは思えませんね」

上に家が建てられそうなほどの大きさがある平たい岩。

その隙間《すきま》から這《は》い出してきたのは、これまた巨大なトカゲであった。

細長い体格こそリザード種の特徴を残しているが、その大きさはもはやドラゴン。

いや、並のランドドラゴンなどよりも遥《はる》かに大きい。

大きく裂けた口は、人間どころか馬や牛でも丸呑《まるの》みできそうだ。

さらにその鱗は、半透明の石英のような材質でできている。

「さて、どう攻めようか？」

「あの鱗、噂《うわさ》通りとんでもなく硬そうですね」

予想を超えた難敵の登場に、あれこれと話し合う俺たち。

そうしていると――。

「うおっ⁉」

「ロウガッ⁉」

「大丈夫だ！」

いきなり、リザードの口から舌が伸びた。

その長さときたら、カメレオンか何かのようだ。

思わぬ飛び道具に驚きながらも、とっさにロウガさんが盾でガードする。

こいつ、本当に厄介なのは鱗ではなく舌かもしれない！

攻撃を防がれたリザードだが、そのまま舌を鞭《むち》のように振るって二度三度と追撃してくる。

縦横無尽に振るわれるそれは、近くの岩を粉砕した。

直撃したら、人間なんて軽く吹き飛ばされるだろう。

「くっそ、これじゃ近づけねえな！」

「そういう時は……これです！」

ニノさんはポンッとコルクを外すと、赤い粉の入った小瓶《こびん》を投げつける。

たちまち、周囲に独特の刺激臭が漂い始めた。

これはもしかして……唐辛子か何かか？

俺がそう思った瞬間、リザードがのたうち始める。

「特製のカラシ爆弾です！」

「グウウウゥ!!」

「すげえけど、前より暴《あば》れてるじゃねえか！」

「わわっ!?　効いてるはずなんですけど……!!」

辛《から》さで苦しんでいるのか、よりいっそう激しく舌を振り回すリザード。

いつの間にか、白く見えた身体が赤く染まっている。

これはもしかして、藪蛇《やぶへび》というやつなのでは……!!

「こうなったら、俺が……！」

「待った！　困った時のジーク任せじゃ、ボクたちのためにならないよ！」

そう言うと、ロウガさんの陰から飛び出していくクルタさん。

彼女は見事な身のこなしで舌を回避すると、リザードの口に向かってナイフを投げた。

一直線の軌道を描いたナイフは、吸い込まれるように舌の付け根に刺さる。

「グルルルッ!?」

舌というのは、敏感な感覚器の集合体である。

そこにナイフが刺されれば、モンスターといえども堪えるのだろう。

過呼吸のような、聞いたこともない悲鳴を響かせて暴れ出す。

「隙あり!!」

「グルルッ!!」

痛みで動きが止まったリザード。

その隙を逃すことなく、クルタさんは短剣で舌を両断した。

……すごい、確実に以前より強くなってる!

俺がクルタさんの立ち回りに驚いていると、ここでさらにニノさんがクナイを投げつける。

その柄には小さな爆弾のようなものが巻き付けられていた。

「グルォッ!!!!」

――ドオン!!!!

爆音が轟《とどろ》き、リザードの口の中が弾《はじ》けた。

流石《さすが》のリザードも、体内で爆発《ばくはつ》を起こされてはひとたまりもない。

口から血の塊のようなものを吐き出し、動きが鈍くなる。

だがここで――。

「危ない!!」

リザードの尻尾《しっぽ》が、近くにいたクルタさんを打ち据えようとした。

俺はとっさに聖剣を抜くと、斬撃を飛ばして迎え撃つ。

――スパッ!!

硬い鱗に覆《おお》われた尻尾が、野菜でも斬るかのように簡単に斬れてしまった。

流石は聖剣、最近になってますます切れ味が冴《さ》えている。

こうして尻尾を切り落とされたリザードは、観念したように地に伏せて動かなくなった。

「うわー、やっぱ凄《すご》いなぁ！　大剣神祭でますます磨きがかかったんじゃない？」

「クルタさんの方こそ、いつの間にか強くなってませんか？」

「そりゃ、ボクだって頑張ってるんだからね！　そろそろ本気でS級を目指してるんだから」

「おお!!　すごい！」

S級といえば、冒険者の頂点。

ごく一握りの強者のみがたどり着ける領域だ。

そこを目指そうなんて、やっぱりクルタさんは凄いなぁ……。

そんなことを俺が思っていると、クルタさんはどこか呆《あき》れたような顔をして言う。

「余裕でS級に行けそうなジークに言われると、何だかなぁ……」

「比較しないのが大事ですよ、お姉さま」

「うんうん、地道にやるのがいいよね。……あちゃー！」

ここで急に、困ったように額に手を当てるクルタさん。

その手にはリザードの身体から回収した投げナイフが握られていた。

しかし、その刃は大きく欠けてしまっていてひどいありさまだ。

研ぎ直すことすら、恐らくは不可能だろう。

「こりゃ、ニノの爆弾のせいだな」

「うっ！　お姉さま、ごめんなさい‼」

「あー、別に構わないよ。もうだいぶ古くなってたし、消耗品だからね」

「帰りに職人街に寄るか。俺もそろそろ、親父にこの盾を見てもらいたいしな」

そう言うと、大盾の表面を困ったような顔でさするロウガさん。

盾の表面にはたくさんの小さな凹《へこ》みができていて、放っておいたらそこから錆《さ》びてしまいそうだ。

持ち手の方もだいぶぐらついてしまっているらしい。

「決まりですね。じゃあ、素材を回収して早く戻りましょうか」

「だな。店が閉まらないうちに行こうや」

こうして俺たちは久しぶりに、職人街を訪れることにしたのだった。

――○●○――


冒険者の聖地として知られるラージャ。

その市街の東部には、武具を扱う職人たちの工房が建ち並んでいる。

俗に職人街と呼ばれるそこは、いつ行っても常に活気のある場所……だったのだが。

「何だか、ずいぶんと静かですね？」

「ああ、えらく景気が悪そうだな」

「おっかしいなぁ、最近は特に何もないはずなんだけど」

周囲を見渡しながら、怪訝《けげん》な顔をする俺たち。

人通りの多いはずの目抜き通りが、何故《なぜ》か閑散としていた。

こんな寂《さび》れた様子の職人街、ラージャに来てから初めて見るぞ。

冒険者にとって武具はある種の消耗品。

数多くの冒険者を抱えるラージャでは、武具の需要など途絶えるはずがないのだが……。

この街の様子は、明らかにただ事ではなかった。

だが、特に思い当たるような節はないんだよな……。

「こんにちは！　投げナイフの在庫ある？」

こうして通りを歩くこと数分。

職人街の奥にあるバーグさんの店に着くと、すぐにクルタさんが大きな声で尋ねた。

するとたちまち、奥からゆっくりとバーグさんが出てくる。

良かった、バーグさんは特に変わった様子はないな。

相変わらずの強面《こわおもて》だが、特にやつれてなどはいない。

「お前さんたちか、久しぶりだな！　聖剣の調子はどうだ？」

「ばっちりです。さっきも、変種のリザードを斬ってきました」

「そりゃ良かった。うまく使いこなしてるみてえだな」

「ええ、大剣神祭で修業したおかげです」

「そいつは良かった、遠征した甲斐《かい》があったじゃねえかよ」

「……それより親父、この街の惨状は何だ？　何があったらこうなるんだよ？」

積もる話もそこそこに、店の外を見ながら渋い顔をするロウガさん。

するとバーグさんはやれやれと肩をすくめて言う。

「やっぱりわかるか」

「そりゃね、明らかに人が少ないもん」

「何が原因なんですか？　俺たちにできることがあれば、手伝いますよ」

俺がそう言うと、バーグさんは一瞬考え込むような顔をした。

部外者である俺たちを巻き込むかどうか、悩んでいるらしい。

しかしすぐに、どこか諦《あきら》めたような顔で言う。

「最近、剣を法外に安い値段で売る連中が現れてな。どこも商売あがったりよ」

「それで、こんなに街の雰囲気が暗かったんですか」

「ああ。幸い、うちは直接注文してくれる客が多いからまだマシな部類だがな。数打ちを棚売りしてるようなところは壊滅的だ」

「うわぁ……。でもそれ、法で禁止されてませんでしたっけ？」

安い商品を大量に流して市場を破壊し、競争相手が軒並み倒れたところで一気に値上げして暴利を貪る。

一般にダンピングと言われるやり方だが、これはどこの国も法で禁止していたはずだ。

昔、食料品のダンピングが戦争の引き金になったことがあると歴史書で見たことがある。

当然ながらラージャでも規制されているはずだが、バーグさんはやれやれと困ったように首を横に振る。

「それが、出回っている剣の量からしてかなり大規模な組織のようなんだが……。うまく隠れていてなぁ。騎士団も頼りにならんし、職人街の皆でいろいろと正体を探ろうとしたんだがどうにもうまくいかねえ」

「その安い剣だっけ？　どのぐらい出回ってるの？」

「そうだな、初心者や中級者を中心に数百本は出てるだろうな。もっと多いかもしれん」

「値段は？　半額ぐらい？」

「五分の一以下だ」

あまりの規模と金額を聞いて、クルタさんは露骨に顔をしかめた。

それだけ大量の商品を赤字覚悟で売りさばける組織など、ごくごく限られている。

少なくとも、そこらの工房や商会では無理だな。

これはもしかして……。

何となく嫌な感じがした俺たちは、互いに顔を見合わせた。

何とも重苦しい空気が場に漂う。

「……まあ、客のお前さんたちには関係ないことさ。俺たちで何とかするよ。それより投げナイフだったか？　ほらよ、これが一番いいぜ」

やがて話題を切り替えるように、バーグさんがナイフを取り出した。

さっそくクルタさんはそれを手にすると、その場でクルクルと回してみせる。

よほど手になじむのか、彼女はそのまま曲芸師のようにホイホイッとジャグリングをした。

「うん、完璧《かんぺき》！」

「そうだろう？」

「やっぱりバーグさんのお店は質がいいね！」

満足げに笑みを浮かべるクルタさん。

しかし、先ほどまでの話もあってその眼にはどこか暗さがあった。

やがてロウガさんが、バーグさんの方に振り向いて言う。

「なあ親父、手がかりとかないのか？　このまま職人街が干上がっちまうのを見てるのは、客としても忍びないぜ」

「……ありがとよ。うん、そうだな。修理に持ち込まれた問題の剣をどうにか買い取ったものはあるが……」

そう言うと、店の奥にある棚をガサゴソと漁《あさ》り始めたバーグさん。

やがて彼は布にくるまれた一本の剣を俺たちに見せてくれた。

これが、破格の値段で売り出されている問題の剣かぁ……。

見たところは特に異変はなく、拵《こしら》えもなかなかしっかりしている。

これが五分の一の値段とは、にわかには信じがたいな。

「抜いていいですか？」

「もちろん」

鞘《さや》から剣を抜くと、仔細《しさい》に刃を観察する。

一応、鍛造品ではあるのだろう。

名剣に特有の怖いほどの鋭さはないが、粗悪品というほどでもない。

むしろ、使っている鋼の質は平均的な剣よりいいかもしれないな……。

許可を取って軽く振ってみると、重心もしっかりしている。

流石に、一流の職人であるバーグさんなどが作ったものと比べると大きく劣っているがなかなか大したものだ。

「これが五分の一は驚異的ですね。ただ、ちょっと色が独特？」

「妙に黒いな。火入れの仕方が違うのか？」

「いや、これは鋼自体の色だ。少し調べてみたんだが、どうも俺たちの使う鋼とは産地が違うらしい。俺も鍛冶屋を始めて長いが、見たことない鋼だ」

となると、ひょっとして東方由来の物だろうか？

東方で鍛え上げられる刀には、タマハガネという特別な鋼が使われると聞く。

俺たちはすぐにニノさんの方を向くが、彼女はブルブルと首を横に振った。

「いえ、これは東方の鋼とも違うと思います」

「大陸の鋼とも東方の鋼とも違うとなると……。まさか、魔界の鋼か」

「……おいおい、そりゃいくら何でも突飛な発想じゃねえか？」

呆れたような顔をするバーグさん。

いくらラージャが魔界と人間界の境界付近にあるからといって、両者の交流は断たれている。

普通に考えれば、魔界の鋼でできた剣が大量に流通するはずもなかった。

しかし、俺たちにはある種の確信があった。

例の商会ならば……魔界の物品を扱っても不思議じゃない。

あの恐ろしい、死の商人ならば……。

「コンロンならこれぐらいやりかねないよ。というか、あいつらって魔族の組織だったんじゃないの？」

「そう考えると、今までの行動も納得がいきますね」

「コンロンだって？　そりゃ穏やかじゃねえな……」

コンロンという名を聞いて、表情を強張らせるバーグさん。

大陸最大の闇《やみ》商人であるコンロンの悪名は、彼も聞き及んでいるのだろう。

俺はこれまでに起きた出来事などをバーグさんに説明しながら、思考をまとめていく。

もし仮にコンロンが魔族の組織だとするなら、これまでの出来事に説明がつく。

古代魔族の復活なども、ひょっとしたら彼らが主導したのかもしれない。

「だが、連中が魔族の組織だとしてよ。これは悪手じゃねえか？」

「どうしてです？」

「魔界の鉄でできた剣を売るなんて、魔族だと疑ってくれって言うようなもんだぜ？　話を聞いてる限り、連中はかなり周到に人間界に浸透していたようだが？」

「ジークに策を次々と潰《つぶ》されて、余裕がなくなってきたんじゃない？」

「あるいは、もう隠す必要がなくなったからとか。ひょっとすると、わざと正体をバラして魔族だということを示そうとしているのかも」

緊張した面持ちで告げるニノさん。

その言葉を聞いて、俺はたまらず冷や汗をかいた。

それはすなわち、これからコンロン……いや、魔族の集団が大規模な行動を起こすということに他ならない。

奴《やつ》らの起こす行動が、ろくでもない結果を招くことは目に見えていた。

「この剣、本格的に調べた方がいいかもね」

「ええ、持ち帰ってちょっと見てみます」

「入手経路についても調べねえとな。確か、冒険者を中心に出回ってるんだったか？」

「ああ。そもそも、この街で剣を買う奴なんてだいたいが冒険者だがな」

「ちょっくら、知り合いに当たってみるか」

「頼むぜ。俺ももう一度、職人連中と話し合ってみるよ」

こうして俺たちは、剣の正体を探るべく動き出すのだった——。

第二話

怪しい商売

「さて、どうしようか？」

「いっそ、マスターに相談するか？」

「それはもうちょっと、情報を集めてからにしましょう」

バーグさんの店を出た俺たちは、さっそく冒険者ギルドへと向かっていた。

やはり、情報を集めるといったらあそこ以外にはあり得ない。

こうして夕暮れの街を歩いていくと、次第に人通りが増えて冒険者の姿も目立ち始める。

ちょうど時間的に、一仕事終えた冒険者たちが街へと帰ってきているようだ。

「しかし、そんなヤバい剣がいつの間に増えてたんだろうね？　全然気づかなかったよ」

「私もです、お姉さま」

「俺たちがエルバニアに行ってた間とかじゃないですか？」

「あー、それはありそうだ」

大剣神祭に参加するため、俺たちは移動も含めて二か月近くラージャを離れていた。

その間に剣が流通していたとすれば、気づかないのも無理はない。

まして、鋼の色こそ少し違うが見た目はほとんど普通の剣なのだ。

固定でパーティを組んでいて、他の冒険者たちと一緒に仕事をすることも少ない俺たちには
わかりようもない。

「つきましたね」

「誰《だれ》か知り合いはいるかな……」

「お、コザックじゃねえか。ちょっといってくる！」

こうしてギルドに着き、誰に声を掛けようか周囲を見渡したところ。

ロウガさんはすぐにカウンターにいた知り合いを発見し、声を掛けに行った。

声を掛けられた冒険者の方も、すぐさま笑顔になって応じる。

「ロウガか！　お前が声をかけてくるなんて、珍しいな！」

「ちょっと聞きてえことがあってな。いつものとこで飲まねえか、一杯奢《おご》るぜ」

「そりゃありがたい。〝竜の血〟でも飲ませてもらおうか」

「おいおい、そりゃ勘弁してくれよ」

朗らかに笑いながら、ごく自然な流れでギルドを出て移動を始める二人。

その後を俺たち三人でゆっくりと追いかけていく。

流石《さすが》はロウガさん、コミュニケーション能力は本当にずば抜けているなぁ。

ラージャの冒険者のほとんどが、彼の知り合いなんじゃないかと錯覚するぐらいだ。

「ロウガのこういうところだけは尊敬します」

「ま、なかなかできないよね。……おっ、酒場に入った」

ギルドのある表通りから、一本奥に入った路地裏。

そこにある小ぢんまりとした酒場に、二人はするりと入っていった。

どうやら馴染《なじ》みの店らしく、気安い雰囲気だ。

「俺たちも行きますか」

「そうだね。気づかれないように」

「わわっ⁉」

急に腕を絡《から》めてくるクルタさん。

彼女は悪戯《いたずら》っぽく笑うと、俺の額にチョンッと指を当てて言う。

「ほら、カップルに見せた方が自然でしょ？」

「お姉さま、私もいるんですけど」

「いいじゃん、ほらいくよ」

ニノさんの指摘を笑って誤魔化《ごまか》すと、クルタさんは俺の手を引いて酒場に入った。

すると既に、ロウガさんとコザックさんがカウンターに腰を下ろしている。

俺たちは彼らの気を引かないように注意しつつ、近くのテーブル席へと向かった。

「それで、聞きてえことって何だよ？」

「あー、依頼で盾を壊しちまってな。修理が終わるまで予備の武器が必要になったんだが、あいにく持ち合わせがなくってな」

「お前、貯金全然ねえのか？」

「水路通りに消えちまったよ」

「ったく、女遊びもほどほどにしろよ」

呆れるように言いつつも、まったく疑う様子もないコザックさん。

ロウガさん、意外と嘘《うそ》がうまいなぁ……。

「それで、金でも貸してくれって言うのか？　言っておくが俺もねーぞ」

「ははは、ダチから金は借りねーよ。そうじゃなくてな」

そう言うと、ロウガさんは姿勢を正した。

そして真剣な顔をしながら、そっとコザックさんの方へと顔を寄せる。

「最近、すっげえ安い剣が出回ってるって聞いたんだよ。何か知らねえか？　予備の武器として、それを買いたいと思ってな」

「安い剣？」

「そう、相場の五分の一ぐらいだとか聞いたぜ」

ロウガさんがそう言った途端、コザックさんの顔が強張《こわば》った。

……これは、何かを知ってそうな雰囲気だな。

気安い雰囲気が一変し、コザックさんは人目を憚《はばか》るように周囲を見渡す。

俺たちはとっさにロウガさんから視線を逸《そ》らすと、他人の振りをしてやり過ごした。

「その話、どこで聞いたんだ？」

「職人街だよ。安い剣が出回ってるって」

「そうか。職人たちはだいぶん困ってるみたいだもんな」

「……それで、どこで売ってるか知らねえか？　お前も、割と顔は広い方だろう？」

単刀直入に、本題を切り出していくロウガさん。

たちまちコザックさんは、うーんうーんと困ったように唸《うな》り出す。

そのへの字に曲がった口元は、彼の迷いを表しているかのようだ。

「……教えてやりたいのはやまやまだが、口止めされてるんだよ。自分で売ってる奴を探してくれ」

「そこを何とか！　いろいろ手伝ってやっただろ？」

「ロウガには世話になっているが……。すまない」

そう言うと、コザックさんは銅貨をカウンターに置いて席を立った。

「話はここまでだ」

「おいおい、何もいなくなることないだろう？」

「わかってくれ。俺もあんまり触れたくない話なんだ」

ロウガさんはすぐに彼を呼び止めようとするが、コザックさんは止まらなかった。

申し訳なさそうな顔をしつつも、足早に去って行ってしまう。

「参ったな、こりゃなかなかうまく行かなさそうだ」

やがてコザックさんの姿が見えなくなったところで、やれやれと両手を上げるロウガさん。

どうやら、剣の入手経路を探るのは思った以上に手がかかりそうだ……。


――○●○――


「ずいぶんとみんな口が堅いな……」

剣の入手経路を調べようと、ギルドやその周辺で声をかけること数回。

件《くだん》の剣を購入したらしき人にも遭遇したが、購入元についてはことごとく口を閉ざした。

今まで、職人街の人たちがなかなか業者の尻尾を摑《つか》めなかったわけである。

冒険者としてはかなり顔の広いロウガさんでも、糸口すら見つけられない。

こうなったら、ギルドや騎士団に調査を任せるしかないかもなぁ。

まだ初日ではあるが、相手側のガードの固さにやや諦めムードが漂い出す。

「どうする？　今日のところは諦める？」

「そうだな……。お？」

ここでまた、知り合いを見つけたらしいロウガさん。

本当に、この街の冒険者はすべて知り合いとでも言わんばかりの勢いである。

しかし彼は、すぐには声を掛けずにここで少し考え込む。

「ガビーノか。口の軽いあいつなら期待できそうだ」

「いけそうですか？」

「ああ。だが、俺だときつい」

そう言うと、ロウガさんはゆっくりとクルタさんの方に振り返った。

そして上から下まで、彼女の身体を値踏みするようにじっくりと見る。

ひどく真剣なその眼は、さながら一流の職人のよう。

そのあまりに鋭い眼差《まなざ》しに、クルタさんは戸惑ったように目をぱちくりとさせる。

「い、いったいなにさ？」

「ガビーノのやつは女好きだからな。クルタなら落とせるかもしれん」

「お、落とす⁉　お姉さまが⁉」

顔を真《ま》っ赤《か》にして、困惑した様子を見せるニノさん。

彼女からしてみたら、クルタさんにそのようなことをさせるなどもってのほかなのだろう。

冷静さを取り戻すにつれて、凍るような眼をロウガさんに向け始める。

だが一方のクルタさんは、ロウガさんの行動の理由がわかって安心したのだろうか。

むしろ落ち着いたような様子で言う。

「なるほど、案外ありかもね」

「お姉さま⁉　そんな危険な！」

「大丈夫だって！　あの人ってCランクぐらいでしょ？　ヤバくなったところで、ボクならどうとでもなるよ」

女性とはいえ、クルタさんはAランクの冒険者。

相手は結構強面の冒険者だが、力で負けることはまずあり得ない。

そのことが余裕を生んでいるのだろう、どこか楽しげな様子だった。

彼女はニノさんの肩に手を置くと、ポンポンと叩《たた》いて落ち着かせる。

「よし、じゃあお姉さんが一肌脱いであげよう」

「頑張ってくれよ」

「任せときなって」

そう言うと、クルタさんは俺に向かってウィンクをした。

彼女はインナーの上に着ていた革の鎧《よろい》を脱ぐと、それをニノさんに預ける。

たちまち鎧に隠されていた胸の膨らみが露《あら》わとなり、ぷるんっと心地よく弾んだ。

さらにクルタさんは膨らみを強調するように寄せると、身体を揺らすように内股で歩き出す。

「色っぽいというか、変？」

「人選ミスったかもなぁ」

どこか違和感のあるクルタさんの様子を見て、不安になる俺たち。

そうしている間にも、彼女はガビーノさんの傍《そば》まで移動する。

「お兄さぁーーん、ちょっと遊ばない？」

「……んん？」

びっくりするほどわざとらしい感じの声掛け。

……クルタさん、任せときなって言った割にはまったく慣れてなさそうだな。

思えば、クルタさんが夜の街に繰り出しているところなど見たことが無い。

休日はだいたい、トレーニングか家でのんびり過ごすことに充てるのが彼女の日常だった。

冒険者らしい猥雑《わいざつ》さとは無縁で、実に健康的な暮らしをしているのである。

なのでああなってしまうのもある意味で当然といえば当然なのだが……。

こんな美人局《つつもたせ》みたいな感じで大丈夫かな。

「俺と飲みたいのか？」

「うん！　一緒に飲もう？」

「どうしてまた？」

「え、ええっと！　お兄さんがカッコいいから？」

ガビーノさんの問いかけに、クルタさんは思いっきり動揺してしまった。

語尾が上がって、不自然に疑問形っぽくなってしまっている。

こりゃヤバい、明らかに何かあるのが丸わかりだぞ……！

俺もロウガさんも、あちゃーっと天を仰《あお》いで額に手を当てた。

流石のニノさんも状況のまずさを察して、あわあわと戸惑ったような顔をしている。

しかし――。

「おぉ！　俺のダンディさが分かるのかい？」

クルタさんの返事が気に入ったのか、男くさい笑みを浮かべるガビーノさん。

……すごい、あれで受け入れられた⁉

めちゃくちゃ鈍感なのか、あの人⁉

驚く俺たちをよそに、ガビーノさんは上機嫌でクルタさんの肩を叩いた。

その目線は、思いっきり胸元《むなもと》へと向けられている。

……ああ、それでロウガさんもクルタさんを選んだのか。

どうやら、性欲が感覚を鈍らせているらしい。

「いやぁ、こんな美人さんに褒められてうれしいねえ！」

「す、すごいカッコいいんだもの！　当然ですわよ！」

「はははは！」

ああ、もう言葉遣いすら崩壊してる！

いろいろめちゃくちゃになりながらも、二人はゆっくりと歩き出した。

すごいな、欲で眼が曇ると男はここまで鈍感になるのか。

俺たち三人は気づかれないように注意しながら、その後を追いかけていく。

やがて二人は、路地裏にあるレストランへと入っていった。

洒落《しゃれ》た雰囲気のあるバーのような店だ。

「……なかなか順調だな」

「ええ。どうなることかと思いましたけど」

予想外の展開に驚きつつも、流れは順調そのものだった。

ここでさらにクルタさんが、不器用ながらもガビーノさんとの距離を詰める。

「ところで、ちょっと聞きたいことがあって」

「おう、どんなことでも答えるぜ！」

「最近、剣を折ってしまって。それで代わりが欲しいんだけど、お金があんまりないの」

「そりゃ大変だ、貸してやろうか？」

何の疑いもなく、財布を取り出そうとするガビーノさん。

……びっくりするほど騙《だま》されやすい人だな、見ててちょっと心配になってきたぞ。

これにはクルタさんも慌てたのか、ぶんぶんと首を横に振る。

「そうじゃなくて！　その、最近安い剣が出回ってるでしょ？　あれを私も買いたいなーって。

お兄さん、どこで売ってるか知らない？」

「安い剣っていうと……。ああ、もしかしてこれのことか？」

そう言って、ガビーノさんが腰の剣を鞘ごと引き抜いた。

その拵《こしら》えは、先ほどバーグさんのところで見せられたものと同じ。

刃の色は確認していないが、これは間違いないだろう。

それを眼にしたクルタさんは、少し興奮気味に食いつく。

「そうそれ！　どこで買ったの？」

「こいつなら……うーん、言っちまっても良いかな……」

「お願い。教えて〜」

「そうだなぁ……」

ここぞとばかりに、ガビーノさんにしなだれかかるクルタさん。

色気に負けたガビーノさんは、ためらいながらも答えようとする。

よし、あと少しで剣の入手経路が明らかになるぞ……!!

俺たちがそう確信した瞬間、ここで予期せぬ人物が現れる。

「クルタじゃないか。こんなところで何をしている？」

「げっ……!!　ライザ!?」

「げっはないだろう？　そんなに嫌そうな顔をするな」

カウンターの陰から、グラスを片手に姿を現した人物。

それは誰あろう、ライザ姉さんであった——。


——○●○——


「え、えーっと。久しぶりにお酒飲みたいなって」

「そうか。ノアはいないのか？」

そう言うと、周囲を見渡すライザ姉さん。

まずいと思った俺は、とっさにロウガさんの陰に身を隠した。

ロウガさんもまた、カウンターに顔を伏せてどうにかやり過ごそうとする。

「い、いないよ！　ボクだって、たまには一人がいいから」

「一人って、俺と一緒だろう？」

「あ、そうだった！」

ライザ姉さんが現れたことで、完璧にペースを乱されてしまっているクルタさん。

まずいな、このままだと剣の入手経路を聞くどころじゃないぞ……。

戸惑うクルタさんをよそに、ライザ姉さんはそのまま二人の間に座ってしまう。

流石は姉さん、空気の読めなさがなかなかだな……。

クルタさんがガビーノさんとの距離を詰めようとしていたのに、それを完全に無視している。

「ライザ？　えっと、その……」

「せっかく一緒になったのだ、たまには飲もうではないか！」

「え？　というか、ちょっと酔ってる？」

いきなり酒を勧められ、戸惑いながらもグラスを受け取るクルタさん。

まずい、ライザ姉さんってば完全に酔ってる……!!

普段はそこまで飲まない方なのだが、酔うとかなりまずい。

基本的に、絡み酒なんだよな……!!

前にパーティで酔った時は、まだお酒が飲めない年齢だった俺にまでどんどん勧めてきた記憶がある。

「飲め、もっと飲め！」

「ちょ、ちょっと!!」

「ははははは!!」

ガビーノさんのことなどそっちのけで、大騒ぎするライザ姉さん。

ああ、もう完全に剣の入手経路を聞き出すどころの空気じゃなくなった!!

俺たちがライザ姉さんを見てすっかり困り果てていると、ここで急に姉さんがこちらを向く。

「ええい、仕方ない！」

俺は急いで姉さんに近づくと、その手を摑んだ。

そして少々強引《ごういん》に、ガビーノさんたちからちょっと離れた所へ連れ出す。

「ノア⁉　どうしてここに⁉」

「説明しますから、とりあえず話を聞いてください！　別に遊んでるわけじゃないんですよ」

「話？　いいだろう、聞こうじゃないか」

ムスッとした様子ながらも、とりあえず話を聞いてくれるらしいライザ姉さん。

俺はほろ酔い気味な彼女に対して、これまでの経緯を丁寧に説明する。

すると――。

「なんだ、そういうことならばあのクルタより私の方が適任だろう」

「どういうことですか？」

「この私が、あのガビーノという男から聞き出してやろうと言っているのだ」

「うーん、できますか？」

クルタさん以上に、ライザ姉さんにはそういうイメージがないんだよなぁ。

口のうまさなどとは対極にいるような人だし。

すると姉さんはドンッと胸を叩いて自信満々に言う。

「まあ任せておけ。すべて聞き出してやる」

「そこまで言うなら、お願いします」

少し心配ながらも、ライザ姉さんにお願いしてみることにした俺。

すると彼女は、そのままつかつかとガビーノさんの元へと歩み寄った。

そしていきなり、剣の柄に手をかけて――。

「貴様、妙な剣を買ったようだな？　その入手経路、洗いざらい言ってもらおうか？」

「ひぇっ⁉」

「姉さん、ダメ！　脅迫はダメ‼」

いきなりの強行に、騒然とする酒場。

俺は慌ててライザ姉さんにしがみつくと、どうにかこうにか止めようとする。

ああもう、完全にめっちゃくちゃだよ！

結局、ガビーノさんは何も言うことはなくさっさと逃げてしまったのだった。


――○●○――


「もう、姉さんのせいで昨日は散々だったよ！」

翌日。

俺とクルタさんたちは、昨日の振り返りをしていた。

その場には姉さんも同席している。

昨日のことを、流石の姉さんも申し訳なく思っているのだろう。

普段と比べると、心なしか表情が弱気だ。

「すまんすまん！　だが、あれが一番手っ取り早かったと思うぞ」

「早くても暴力はダメです！」

「そうだよ。まったく、野蛮なんだから」

すっかり呆れた顔をする皆。

あの後、衛兵まで駆け付けてきていろいろ大変だったんだよな。

ったく、すぐに力で解決しようとする癖《くせ》はどうにかしてほしいものだ。

「……しかし、いつのまにかそんな剣が出回っていたとはな」

「姉さんも知らなかったんですか？」

「無論だ、聞いたこともない」

ぶんぶんと首を横に振るライザ姉さん。

その様子を見たクルタさんが、ここでふとあることを呟《つぶや》く。

「ねえ。昨日、声かけた冒険者って結構な割合で例の剣のこと知ってたよね？」

「ああ、だいたい知ってたな」

「でも、ボクたちってライザも含めて全員知らなかったよね。いくらしばらく外出してたからって、ちょっと不自然じゃない？」

「うーん、言われてみれば……」

何だかんだ、エルバニアから帰ってきて既にひと月以上が経《た》っている。

剣の流通が始まったのが出かけている間だったとしても、あれだけ知られていたのだ。

今までの間に、何かしら情報が入ってきていないのは少しおかしいと言えばおかしい。

まして、ロウガさんなんて非常に顔が広い人なのだし。

どこかしらで見たり聞いたりしていないのは、かなり不思議だ。

「何か、ボクたちと知ってる人で違いでもあるのかな」

「うーん、よくわからねえな」

「ランクの違いじゃないでしょうか？　一応、私たち全員がBランク以上ですし」

クルタさんの疑問に対して、ニノさんがゆっくりとした口調ながらも即答した。

するとクルタさんは、ポンッと手を叩く。

「そうか！　ランクの違いはあるかも」

「だが、ランクが違うと何が違うんだ？　生活範囲は似たようなもんだぞ」

「待て待て、そもそも私はFランクだ」

「……それはひとまず置いときましょう」

話がややこしくなるので、ライザ姉さんのことはいったん例外として。

俺たちとランクの低い冒険者たちとで、何が違うのかはすぐに思いつかなかった。

ランクが上がったところで、冒険者の生活なんて大して変わらないのである。

せいぜい、出入りする店が少し違うぐらいだろうか？

それにしたって、ロウガさんなどはよく金欠で安い酒場に行っていたりする。

「うーむ……。意外と思いつかねえな」

「そうだねえ。宿に何かあるとかは考えにくいし。それに、ジークはずっとあの宿だよね？」

「ええ。初心者向けのとこですよ」

「だよねえ」

「……それなら、狩り場じゃないか？」

ふと呟くライザ姉さん。

それを聞いて、俺はハッとした。

確かに狩り場ならば、ランクによって出入りする場所がかなり明確に分かれている。

街の中のどこかだと思っていた俺たちにとっては、ある意味で盲点だった。

狩り場の中でも比較的安全な場所なら、取引ぐらいできるだろう。

「狩り場か、言われてみればそうだな」

「そういえば、ドラゴンゾンビの出た例の地下水路が最近また解放されたみたいですよ」

「そうなの？」

「ええ、瘴気《しょうき》がある程度浄化されたとかで。あそこなら、魔族が潜むには最適だと思います」

「実際、前はいたわけだしね」

以前のことを思い出しながら、渋い顔をするクルタさん。

俺がまだ、ラージャへ来たばかりの頃。

この街の地下水路には、非道な死霊術の実験を繰り返す魔族ヴァルゲマが潜んでいた。

その脅威が去った後も、瘴気が蓄積されていた地下水路はしばらくの間は危険な場所として閉鎖されていたのだが……。

いつの間にやら、狩り場として開放されていたらしい。

「地下水路はもともと、初心者向けの狩り場だったはずだ。今もそうだとするなら……匂《にお》うな」

「ええ、行ってみましょう」

こうして俺たちは、再びラージャの街の地下水路へと向かうのだった。

第三話
再びの地下水路

「へえ、前とは全然雰囲気が違いますね」

その日の昼過ぎ。

地下水路へと降り立った俺《おれ》は、すぐさま空気の違いを感じ取った。

以前はサンクテェールで防がないと厳しいほどの瘴気《しょうき》に満ちていたが、今はほとんどない。

それどころか、下水から湧《わ》いてくる臭いなども大幅に軽減されていた。

奥に巣くっていた魔族がいなくなったというだけで、これほどまでに変化するのか。

俺が少し感心していると、クルタさんが言う。

「前に倒したタイラントスライムってのがいたでしょ？　あれをケイナが改良して、下水の掃除用に撒《ま》いたらしいよ」

「あれを………？」

思わぬ名前が出てきて、怪訝《けげん》な顔をするライザ姉さん。

タイラントスライムというのは、ライザ姉さんが苦戦させせられた巨大スライムである。

水を取り込むことで急激に膨張し、山を覆《おお》いつくすほどに巨大化した強敵だった。

とても人間に制御できるようなものには思えなかったが、何とケイナさんはそれをやってのけたらしい。

「ケイナもあれで魔物研究所の研究員だからな。知らない間に仕事してたってことだろ」

「流石《さすが》は変人の集う魔物研究所、侮れません」

「もっとも、放っておくと大きくなりすぎるから初級や中級の冒険者がたまに間引いてるんだって。今朝《けさ》聞いた話だけど、下水の中での仕事ってことで金払いはいいらしいよ」

「それで駆け出しの連中はここに集まるってことか」

そう言うと、腕組みをしながらロウガさんは周囲を見渡した。

するとちょうど、入り組んだ水路の奥にまさしく初心者と思《おぼ》しき冒険者の一団がいた。

下水に足を踏み入れた彼らは、子どもの背丈ほどもあるスライムを相手に奮闘している。

剣や槍《やり》を使って、どうにか核を突こうと一生懸命だ。

スライムは核を叩《たた》かないと倒せないから、かなり大変なんだよなぁ。

「……あれで大丈夫なのか？　武器が溶かされそうだが」

ライザ姉さんが、どことなく不安げな顔で言う。

あれらのスライムの元となっているタイラントスライム。

その酸性の身体は、ライザ姉さんの愛用していた鎧《よろい》を容易《たやす》く溶かしてしまうほどだった。

以前の苦い思い出がよみがえったのか、姉さんはどうにも冒険者たちのことが心配らしい。

あの時の姉さんはほんとに恥ずかしそうだったもんなぁ……。

すると、クルタさんが笑いながら言った。

「大丈夫だよ、酸性はほとんどないらしいから。といっても、ずーっとあれを相手にしてると結構武器が痛むらしいけどね」

「元のスライムとは、やはり全く違うのだな」

「ケイナ、恐るべし」

ケイナさんの技術力に、すっかり感心した様子のニノさん。

俺も、あのタイラントスライムをここまで無力化する技術にはびっくりだ。

「……なぁ。よく考えるとここって、武器を売るには最高じゃねーか？　スライムのせいで剣が切れなくなったところで、安い剣を売りたいって言えばみんな買うぞ」

「あー確かに。改めて考えると、完璧《かんぺき》な場所だね」

「ここなら、職人街の人たちにもまず見つかりませんし」

「わ、完璧じゃん！」

一般人である職人たちは、弱いとはいえモンスターの徘徊《はいかい》するこの場所へはまず入れない。

そして、武器を損耗して新しいものを欲している顧客の冒険者もたんまりいる。

まさに訳アリの武具を流通させるには、最適といっていいぐらいの場所だ。

まだここが取引の場になっていると確信したわけではないが、可能性はかなり高そうだな。

俺たちはそれらしき人物が現れないか、周囲に気を配る。

するとここで、ロウガさんが水路の方を見ながら言った。

「俺たちもスライムを狩るか」

「えー、下水に入るの⁉」

「むしろ、汚れてねえと不自然だろ」

「あー……」

この地下水路にいるのは、スライム討伐に来た冒険者たちばかり。

何をするでもなく、みんなでその場に立っているのはいろいろと不自然だろう。

討伐を終えて一服しているというならまだしも、誰《だれ》一人として濡《ぬ》れていないわけだし。

下水には入りたくないが、ロウガさんの言うことはもっともだった。

「仕方ない、入るぞ」

意外なことに、先陣を切ったのはライザ姉さんであった。

かなりマシになっているとはいえ、茶色く濁った水にためらうことなく足を踏み入れる。

流石は剣聖、肝《きも》が据わっているというか覚悟ができているというか。

続いて俺も、ゆっくりとだが下水の中へと入っていく。

「案外、入っても臭くないですね。これなら大丈夫かも」

「…………ええい、しょうがないなぁ！」

やがてクルタさんもそれに続いて、下水の中へと入ってきた。

ロウガさんもすぐにその後を追いかけてくる。

そして、最後に残ったのはニノさんだった。

そういえば、東方の人は潔癖症が多いとか聞いたことあるなぁ。

ニノさんも多分に漏《も》れず、そういうタイプだったらしい。

「ぐぐ……!!」

「ほら、早くしろって」

「むむ……!!」

「入らないと、変に見られちゃうよ」

「お姉さまの言うことなら……」

クルタさんに言われて、ニノさんは渋々といった様子で水路に近づいた。

そして、さながら熱いお風呂《ふろ》にでも入るかのようにそろそろと足先から下水に入る。

しかしここで、彼女の身体が滑ってしまった。

たちまちざぶっと水しぶきが上がる。

「うわっ⁉」

「お姉さま⁉　す、すいません!!」

水をもろにかぶってしまったクルタさん。

すぐさま立ち上がったニノさんは、ものすごい勢いで彼女に向かって頭を下げる。

すると彼女の後頭部は、何か平たいものに覆われていた。

「え?」

「ニノさん! あたま、あたま!!」

「でっかい虫!」

「……うわぁっ!?」

落ちた拍子に、水の中にいたデカい虫が彼女の頭に乗ったらしい。

カブトガニのようなそれを、ニノさんは慌てて手で払い飛ばす。

すると運の悪いことに、虫が飛んでいった先にはライザ姉さんがいた。

「ふっ! ……あっ!」

とっさに、剣を抜いて虫を切り捨てるライザ姉さん。

だが、切り捨てられた虫の残骸が運悪く俺とロウガさんに直撃した。

たちまち、虫の体液によって鎧がべたべたになってしまう。

「す、すまん! そこにいるとは思わなかった!」

「姉さん……!」

「ライザ……!」

ったく、これでもうほぼ全員が汚れてしまった。

無事なのはライザ姉さんぐらいである。

俺は鎧にこびりつきそうな汚れを水で流しながら、ため息をつく。

「あー、もう」

「えらい目に遭いましたね……」

すっかり濡れてしまった鎧を見ながら、げんなりとした顔をする一同。

こりゃ、外に出たら急いで浄化魔法を掛けないとな。

嫌な臭いが身体にまでこびりついてしまいそうだ。

怪しい商人を探して来ただけのはずが、どうしてこうなってしまったのやら。

「……で、どうする？　このまま商人が出てくるのを待つ？」

「そりゃそうだろう。そのために来たんだから」

「でも、このままの状態でしばらくいるのもきついです」

「確かにこれはねえ、いくらなんでも」

「せめて、問題の商人が出てくる時間とか分かるといいのですが」

そう言って、懐中時計を取り出すニノさん。

一応、俺たちは朝にやってきた冒険者たちが依頼を終えるであろう頃を見計らってこの場所に来てはいる。

依頼を終えて帰ろうとする冒険者を狙《ねら》って、商人が現れるのではないかという予想だ。

とはいえ、人の出入りはかなり流動的。
本当に来てくれるのかどうか……。
確信はあまりなく、むしろ不安だった。
「ん、あれは？」
ここで、クルタさんが通路の奥を見ながら言った。
ぼんやりとした青い灯が、こちらへゆっくりと近づいてくる。
あの灯はもしかして、魔除《まよ》けか何かかな？
通路を照らす青白い光に、微《かす》かにだが魔力を感じた。
街道を行く商人たちが、身の安全を確保するために使う魔除けの魔道具に似ている。
狩りに来た冒険者が使うようなものではなかった。
「出てきてくれたみたいですよ」
「さて、どんなやつだ……？」
商人らしき人物の出現に、警戒を強める俺たち。
やがて見えてきたのは、フードをすっぽりと被った人影が三つ。
恐らくは女性なのだろうか、三人とも背丈はかなり低い。
ニノさんと同じか、それよりも少し小柄なくらいだ。
……ひょっとして、人間じゃなくて亜人か何かだろうか？

思わずそう疑ってしまうような体格だ。

「そこの冒険者たち、剣はいらないか？」

灯りを手に先頭を歩いていた人物が、俺たちに声をかけてきた。

その声は妙にかすれていて、ひどく聞き取りづらい。

老人のそれに似ているが、どうにも違う感じだ。

これは、声を変える魔道具か何かを使っているのだろうか？

普通の人間の声とは思えなかった。

「剣？　あんたら、物売りなのか？」

「そんなところだ。主に武器を取り扱っている」

「それが何だってこんなところで商売してる？」

すかさず疑問をぶつけるロウガさん。

すると良くある質問なのか、商人たちは慣れた様子で答える。

「我々は職人ギルドから追放された者だからな。故に隠れる必要があるのだ」

「おいおい、ギルドから追放されたってなぁ……」

「いったい、何をしたらそんなことになるのさ？」

「そうだ、どうせ真っ当な商売をしていないのだろう？」

クルタさんとライザ姉さんが、すかさずツッコミを入れた。

普通の感覚を持つ冒険者ならば、当然するはずの質問である。

ギルドを追放されるなど、よほどのことをしでかさない限りあり得ない。

しかし、商人たちは妙に強気な態度で言う。

「違う、間違っているのはギルドの方だ」

「どういうことだ？」

「……君たちは、剣の原価率を知っているか？」

「知らん。そもそも原価率とは何だ？」

堂々と聞き返すライザ姉さん。

ある種すがすがしいほどの態度だが、恥ずかしくなった俺はすかさず説明する。

「原価率っていうのは、売値に対して材料費がどれぐらいかかっているかってことだよ」

「……うーんと？」

「例えばこの剣、一般的な売値は五万ゴールドほどだ。だが、材料として使われている鋼は何と一万ゴールドほどしかしない！」

俺たちの話を聞いていたのだろう。

どこからか剣を取り出し、商人は急に解説を始めた。

それを聞いたライザ姉さんの眼が、たちまち大きく見開かれる。

「な、なに⁉　五分の一ではないか！」

「そうだ。一般的な剣や槍などの武具の原価は、だいたい五分の一程度だ」

「馬鹿《ばか》な、それではぼろ儲《もう》けだぞ!!」

「その通り！　ギルドに所属する職人たちは冒険者たちを騙《だま》して、暴利を貪っている！　本来、剣は五分の一ほどで売れるのだ！」

商人は畳みかけるように、声を大きくした。

いやいやいや、それは流石に暴論すぎやしないか？

仮に鋼が安く手に入ったところで他にもいろいろと経費が掛かる。

何より、剣を鍛え上げるには量産品といっても相応の時間が必要だ。

いくらなんでも五分の一というのはちょっと無茶があるだろう。

流石に胡散臭《うさんくさ》いと思ったのか、ロウガさんたちも眉《まゆ》をひそめた。

しかし、姉さんだけは愕然《がくぜん》とした顔をしている。

「何ということだ……！　私が武器屋に払った莫大《ばくだい》な金は、いったい……!?」

「……ライザ姉さん？」

「これが世界の真実なのだ！　我々は暴利を貪るギルドを離脱した心ある職人たちから武器を仕入れ、冒険者たちに安く売っている。秘密を守ることが条件になるが、剣を買わないか？」

そう言うと、彼らは三人がかりで運んでいた大きな包みを開いた。

中から、剣や槍といった武具が大量に出てくる。

青い灯に照らされたそれらの武具は、少し錆《さ》びたように黒い色合いをしていた。

最近あちこちで出回っている剣と同じだ、間違いない……!!

なるほどな、こいつらの話を信じるかどうかはともかく冒険者たちが何も言わないわけだ。

秘密を洩《も》らせば、二度と彼らから商品を買うことはできないのだろう。

いや、最悪の場合は秘密を漏洩《ろうえい》したということで何らかの制裁があるかもしれない。

「やっぱ黒だな」

「ええ、間違いありませんね」

「逃がさないよっ！」

ひょいっと軽い身のこなしで、水路を出るクルタさん。

驚いて腰を抜かす商人たちに近づくと、彼女は胸元《むなもと》から縄を取り出す。

それで一気に縛り上げてしまおうという気らしい。

だが次の瞬間——。

「なっ⁉」

「姉さん⁉」

クルタさんと商人の間に、ライザ姉さんが割って入った。

いったいどういうことだ？

事前にちゃんと、姉さんには商人たちを捕まえるってことで話はしていたのに。

GOLD
GOLD
GOLD
GOLD
GOLD
GOLD

「どいてよ、捕まえられない！」

「ダメだ！　私は今真実を知った！」

「え？」

「ギルドの支配から私たちを守ろうとするいい人たちを、捕まえさせるわけにはいかん！」

「…………驚くほどあっさり騙されてるううううぅ!?」

思わず、ライザ姉さん以外の全員が声を上げた。

一瞬、冗談かと思ったがそうではない。

姉さんの眼は至って真剣で、どうやら本気も本気らしい。

「そんなの絶対嘘《うそ》だから！　適当なこと言ってるだけだから！」

「そうだよ！　そんなめちゃくちゃな理屈成り立たないよ！」

原価が五分の一なのだから、売値も五分の一にできる。

そんなの、暴論もいいところだろう。

そもそも今まで暴利を貪っていたのなら、職人街があんなに一気に衰退するはずがない。

仕事が無くて困っている職人たちは、とてもたんまりと金をため込んでいるようには見えなかった。

しかし、すっかり騙されてしまっているらしいライザ姉さんはまったく揺らがない。

ああもう、ほんとに頑固なんだから！

いったん信じ込んだら、意地でも曲げないんだよな！

「ノア、お前たちこそ騙されているのだ！　職人たちにうまく利用されている！」

「いやいや、そんなことないよ！　だいたい、俺たちの方から切り出した話だし！」

「そうは言っても、原価の五倍は納得できん！」

そう言うと、剣を払ってクルタさんを引かせるライザ姉さん。

今まで騙されていたという思いが相当に強いらしい。

まあ、姉さんが剣に使った金額は屋敷の一つや二つ買えるぐらいにはなるからな。

それが騙し取られていたと思い込めば、こうなるのも無理はないのか？

俺がやれやれと頭を抱えると、ロウガさんが肩をすくめて言う。

「……意外とああいうの、信じるやつ多いんだよなぁ」

「そうなんですか？」

「冒険者は学がねえからな。うまいやり方だ」

そういえば、ギルドに行くと読み書きのできない人のための案内板とかあったなぁ。

すべてが絵を使って記されたもので、はじめは何だろうと思っていた。

冒険者の中には計算のできない人とかも結構いるから、そういった人たちを騙すにはあの理屈で十分なんだろう。

でも、ライザ姉さんはアエリア姉さんがいろいろ叩き込んだので最低限の常識はあるはずだ。

だから、そこまであっさりと騙されるはずないんだけど……。

「もう、ほんとに脳筋なんだからぁ!!」

「脳筋というほうが脳筋なのだ！　クルタも早く気づけ！」

「気づくって何さ！」

激しく刃を打ち鳴らすライザ姉さんとクルタさん。

姉さんの方はまだまだ余裕だが、クルタさんの方はかなり本気だな。

キンキンッと金属音が響き、火花が飛び散る。

既に殺し合いとまではいかないが、喧嘩《けんか》では済まないような感じだ。

「あわ、あわわ……！」

一方、ライザ姉さんに守られる形となった商人はずいぶんと焦《あせ》った様子だった。

三人のうち一人は腰が抜けてしまったようで、その場から逃げることすら手間取っている。

ローブの裾《すそ》からのぞいた足は細く、尻《しり》を引きずる姿は弱々しかった。

魔族の手先にしては、えらく軟弱というか何というか。

戦う力はまったく持ち合わせていないらしい。

「……私がライザさんの気を引きます。その間に、ジークはあの商人たちを押さえられますか？」

「おいおい、ニノじゃ力不足なんじゃねえか？」

囮《おとり》を申し出たニノさんに、ロウガさんが心配そうな顔をした。

まあ、ライザ姉さんとニノさんでは絶対的な力の差があるからなぁ。

しかし彼女は、どこか自信ありげな笑みを浮かべる。

「大丈夫です、足止めするだけならいい手がありますから」

「……わかりました。お願いします」

「ええ！」

ニノさんの返事を聞くと、即座に俺は商人たちに向かって飛び出した。

すかさず姉さんが身を滑らせ、彼らを守ろうとする。

――速い！

機敏で無駄のない動きは、かろうじて目でとらえるのがやっと。

姉さんだけ時が早く動いているかのようだ。

流石は剣聖、このガードを抜けるのは簡単じゃなさそうだな。

……と、俺が思った瞬間だった。

「そりゃっ!!」

「ス、スライム!?」

地下水路に生息しているスライム。

それを手に抱えたニノさんが、その半透明な身体をちぎって投げつけて来た。

そうか、水路に落ちた時に見つけていたのか！

投げつけられるスライムを見て、姉さんは鎧を溶かされた時のことを思い出したのだろう。

凄《すさ》まじい勢いで剣を振るい、片っ端から撃ち落としていく。

だが当然、そんなことをすれば他はお留守になるわけで……。

「捕まえた‼」

「きゃっ！」

姉さんの対応が追い付かないうちに、俺は三人いる商人の一人を捕まえた。

たちまちローブが脱げて、被っていた仮面のようなものもすっ飛んでいく。

すると驚いたことに、中から現れたのは――。

「子ども？」

十歳ほどに見えるあどけない顔。

くしゃくしゃになってしまっているが、髪の長さからして女の子だろうか？

驚いたな、話の内容からして大人だと思っていたのだけど……。

予想外の展開に俺が戸惑っていると、他の二人が慌てた様子で声を上げる。

「お、おい！　離せよ！　俺たち、あんたらに何もしてないだろ！」

「そ、そうだよ！」

恐らくは、仮面の中に魔道具でも仕込んであるのだろう。

声こそ大人っぽいものの、話している内容はまったく子どもだった。

これには姉さんたちも驚いたのか、手を止めてこちらを見る。

「君たち、全員が子どもなのか？」

「ちょっと、やめろって‼　わっ！」

「やっぱり。じゃあそっちの子も？」

「ぼ、僕は自分で取るよ！」

俺に無理やり仮面を取られるのを嫌がったのか、最後の子は自主的に仮面を外した。

クシャッとした髪の女の子に、短髪の気が強そうな男の子。

そして最後は、丸眼鏡《めがね》をかけたちょっと大人しそうな女の子。

三者三様ではあるが、皆、十歳ほどに見える子どもだ。

とてもとても、魔族の手先か何かのようには見えない。

いったいどうして、こんな子どもが危ない商売をしているのだろう？

「……まさか、子どもだったとは」

「わかったでしょ？　さっきの話はでたらめよ」

「むむむ、すまん」

流石に、こんな子どもたちが世界の真実を知っているなどとは思わなかったのだろう。

ライザ姉さんは剣を納めると、ゆっくりと俺の方へと近づいて来た。

そして、子どもたちの顔をズイッと覗《のぞ》き込む。

その強者特有の覇気に、たちまち子どもたちの顔が引き攣《つ》った。

「詳しく事情を聞かせてもらおう」

「は、はい！」

半泣きになりながら、頷《うなず》く子どもたち。

彼らはゆっくりと手招きをすると、俺たちを水路の奥へと案内する。

「こっちに来て。俺たちのアジトがあるから」

「……さて、何が出るかな」

こうして俺たちは、地下水路の深淵《しんえん》を目指して歩き出すのだった。


――○●○――


「ふぅん、じゃあ君たちはもともとスラムに住んでたんだ？」

「ああ、瘴気が収まってすぐに降りてきた」

水路の奥にあるというアジトへと向かう途中。

俺たちは子どもたちと話をしていた。

彼らはもともとスラムの空き家に住んでいたが、役人に追い出されて地下水路へと移り住んだらしい。

　何でも、スラムの建物をいくつか取り壊して再開発が行われるのだとか。

「でもここ、スライムが住んでますよね？　危なくないですか？」

「あいつらは水路から滅多《めった》に上がってこないから。意外と安全なんだよ」

「へえ……」

「ここなら雨風も凌《しの》げるし、役人たちも来ないし」

　慣れた様子で、薄暗い通路を進んでいく子どもたち。

　元がスラムの住民だけあって粗暴な印象は受けるが、やはりそう悪い子たちにも見えない。

　進んで悪いことをしでかすようなタイプではなさそうだ。

「ねえ、アジトには一体何があるのさ？　単に落ち着ける場所ってだけじゃないよね？」

　ここで、クルタさんが意を決して尋ねた。

　すると丸眼鏡をかけた女の子が、どこか楽しげな様子で言う。

「リーダーがいるんだ」

「リーダー？」

「私たちにお仕事紹介してくれて、お小遣《こづか》いくれる人。さっきのお話とかも、みーんなリーダーが考えたんだよ」

「おい、余計なこと言うな」

すかさず、リーダーらしき男の子が女の子を咎《とが》めた。

女の子はしゅんとしたような顔をすると、それっきり黙ってしまう。

こうして何となく気まずい空気の中、歩くこと数分。

水路が行き止まりとなったところで、子どもたちは足を止める。

「さあ、着いたぜ」

「ここか？　何もないじゃないか」

周囲を見渡し、怪訝な顔をするロウガさん。

すると男の子が壁を構成する石組みのうち、一つだけ他より大きなものを押す。

たちまち通路全体が微かに震え、壁の一部がゆっくりと動き始めた。

そして大人が一人通れるほどの側道が新たに姿を現す。

仕掛けそのものはかなり古いもののようで、側道の壁はところどころ風化したように削れていた。

ひょっとすると、本道よりも以前に造られたものかもしれない。

「こんなのがあったのか。知らなかったな」

「ボクも初めて見るね。もしかすると、昔に作られた避難所かも」

「そんなのあるんですか？」

「魔界と戦争してた頃、この街は最前線だったからね。流石に当時の建物はほとんど残ってないけど、地下水路とかはその頃からあるらしいよ」

そういえば、冒険者の街になる前のラージャは軍事都市だったとか聞いたことあるな。

もともとは、魔界からの侵略を防ぐための前線都市だったとか。

何百年も前の話なので、当時の面影など街の中にもほとんど残っていないのだが……。

まさかこんなところにひっそりと残っていたとは。

「ますます、魔族の疑いが強くなってきたな」

「それも、数百年前から居るやつらだね」

子どもたちに聞こえないように、小声で言葉を交わす姉さんとクルタさん。

こうして古びた通路を進むと、すぐに開けた空間へとたどり着いた。

ここはもしかして、子どもたちが生活している場所なのだろうか？

手作りっぽい家具や食料の入った木箱などが散らばっていて、生活感がある。

そして――。

「どうしたウィル？　ずいぶん早いじゃないか」

「リーダー！　実はその……！」

奥から現れたのは、子どもたちより少し年上に見える少年だった。

その身なりは場所に似つかわしくないほど整っていて、黒を基調とした燕尾服《えんびふく》をパリッと着こなしている。

革靴も綺麗《きれい》に磨かれていて、ピカピカと艶《つや》があった。

このたたずまいからして、こいつが黒幕なのか？

いや、それともただのつなぎ役か？

俺たちは少年の立ち位置を図りかねるが、一方で彼は俺を見た瞬間に驚いた顔をする。

「これはこれは！　もしかして君はジーク……いや、ノアかい？」

「ジークでいい。驚いたな、俺のことを知ってるのか？」

「もちろん。君たちはこれまで散々、我々の計画を邪魔してくれたからね。いまじゃ、こんなのが出回ってるんだよ」

そう言って少年が取り出したのは、俺の似顔絵らしきものが描かれた紙だった。

四角い枠で区切られた絵の下にはお金の単位とともに数字が記されている。

ひい、ふう、みい……その額なんと一千万ゴールド。

この形式はもしかして……！

「君はいま、一千万の賞金首ってわけ。ま、うちの組織の中の話だけど」

「なに……！」

「ついでにお仲間たちにも、それぞれ百万ずつ賞金が掛かってる。別枠で、剣聖ライザにも五百万だ」

「む！　ノアより安いのか⁉」

思いっきり不満げな顔をするライザ姉さん。

いや、今食いつくのはそこじゃないから……！

俺はたまらずツッコミを入れたくなったが、堪えて質問を続ける。

「……うちの組織ってのはコンロンのことか？」

「なかなか察しがいいじゃないか」

「この子どもたちも、コンロンの一員なのか？」

「いや違う、たまたまここに住み着いていただけの何の罪もない子どもだよ。そう、たまたま悪いやつに利用されただけで、本当に何の罪もない子たちなんだ」

わざわざ、子どもたちに罪が無いことを何度も強調する少年。

……何だろう、嫌な予感がする。

俺はとっさに少年と子どもたちの間に割って入ろうとした。

だがその次の瞬間——。

「さあ、僕の盾になってもらおうか!!」

「うわっ!?　リーダー!?」

「や、やめてよ!!」

どこからか取り出した剣を、子どもたちに向かって突きつける少年。

少しでも近づけば、子どもたちの首を斬る構えだ。

「貴様ッ!!」

「おっと、やめてもらおうか！　今僕に手を出せば、この子たちは死ぬよ？」

そう言って、即座にライザ姉さんを牽制《けんせい》する少年。

たまらずライザ姉さんが歯ぎしりをする。

「子どもを使うなどとは、卑劣な……!!」

肩を震わせながら、怒りを露《あら》わにするライザ姉さん。

その並々ならぬ怒気に、周囲の空気が微かに震える。

琥珀《こはく》色の瞳《ひとみ》は燃えるような怒りを湛《たた》え、殺気の籠《こ》もった視線が容赦なく少年を貫く。

「流石は剣聖、恐ろしいねえ！」

「貴様、名を名乗れ」

「僕はエルハム。公爵殿下から騎士の位を賜っている」

「そうか、エルバムか」

「エルハムだ！」

エルハムが言い返す、ほんの一瞬の間。

その隙に姉さんは前方に飛び出し、奴《やつ》との距離を詰めた。

――流石は姉さん、反応されないうちに倒すつもりだ！

剣が走り、切っ先が伸びる。

神速の斬撃が瞬く間にエルハムの首を断ち切ろうとした。

その動きはエルハムが子どもたちを始末するよりも、よっぽど速いだろう。

だが次の瞬間――。

「なっ⁉」

エルハムの立っていたはずの場所に、何故《なぜ》か男の子が立っていた。

あまりに突然のことに姉さんは目を丸くしながらも、かろうじて刃を止める。

馬鹿な！　いったい、何が起きた⁉

俺たちも驚いて周囲を見渡すと、先ほどまで男の子が立っていた位置にエルハムがいた。

そんな、移動した姿なんて見えなかったぞ？

俺はクルタさんたちへと視線を振るが、彼女たちもまたブンブンと首を横に振る。

「これは……どういうことだ？」

「召喚魔法の応用さ。一瞬で場所を入れ替えることができる」

「面倒な手を……‼　正々堂々と戦う気はないのか！」

「魔族にそれを言うのかい？　卑怯《ひきょう》なやり方こそ我々の常道だよ」

激昂《げきこう》する姉さんに対して、飄々《ひょうひょう》とした様子で答えるエルハム。

騎士の位を賜っていると言ったが、やはり所詮は魔族か……！

あまりにも卑劣なやり方に、俺たちはたまらず顔をしかめた。

ほぼ瞬時に子どもたちと場所を入れ替えられるのでは、危なくて手を出せない。

姉さんの斬撃が子どもたちに当たれば、下手をすれば一撃で命を奪いかねないからな。

「姉さん、ここは俺に任せてください。あの魔法の秘密、探ってみせます」

「どうにかかなりそうか？」

「調べてみないことには。でも、やれるだけやらせてください」

「……わかった」

いったんライザ姉さんを下がらせ、代わりに俺が前に出た。

さて、ここからいったいどうするか……。

まずは、魔法の効果範囲を調べることから始めるとするか……。

「みんな、走って!!　あいつから距離を取るんだ!!」

「わ、わかった!!」

「ははは、甘いわ！」

全速力で走り出す子どもたち。

だがその次の瞬間、エルハムがパチンッと指を鳴らすと再び位置が入れ替わった。

いきなりの位置交代に、たまらず子どもたちはその場に置かれていた家具に足を引っかけてしまう。

……この様子だと、特に回数制限とかはなさそうだな。

魔力の消費も知れているか。

「大丈夫⁉」

「平気だよ……ちょっと擦《す》りむいちゃったけど」

転んでしまった子どもたちに、クルタさんたちがすぐさま声をかけた。

眼鏡の女の子が膝《ひざ》を擦りむいたようだが、特に大事は無いようである。

だが、この調子であれこれと検討していたらエルハムの前に子どもたちの方がもたないな。

彼らは何の訓練もしていない一般人なのだ。

魔力の消耗を狙うという手は、これで潰《つぶ》れたな。

「ははは！　どうだい、これでは手も足も出ないだろう？」

「子どもを盾にするなんて……‼」

「言っておくが、僕は君たちのことはそれなりに評価してるんだ。だからこそ、確実に勝てる手を使っているまでのこと。むしろ喜んでほしいぐらいだね」

「この野郎、許せねえ……‼」

吠《ほ》えるロウガさん。

彼はそのまま、盾を手にエルハムに向かって一気に突っ込んでいった。

まずい、あのままじゃ子どもたちにぶつけられるぞ‼

俺がそう思った瞬間、こちらの予想通り、エルハムが位置を入れ替えた。

彼に変わって、子どもたちがロウガさんの前に立つ。

「危ない!!」

「ロウガッ!!」

悲劇を予感し、たまらず眼を閉じてしまうクルタさん。

ニノさんもすかさず顔を手で覆い、悲鳴を上げた。

だが次の瞬間、ロウガさんは盾を放り投げて両手を大きく広げる。

そして――。

「よっしゃ、捕まえた!!」

ロウガさんの腕が子どもたち三人をしっかりと抱きかかえた。

流石はロウガさん、最初からこれが狙いだったわけか!

「これでもう、場所は入れ替えられないね!」

「ああ、摑《つか》んでしまえばこっちのもんだ」

「それはどうかな?」

「なに?」

そう言うと、エルハムは余裕を見せつけるように悠々とした態度で歩き出した。

それと同時に、操《あやつ》られた子どもたちがジタバタと暴《あば》れはじめる。

「これは……!!」

「万が一のための保険さ。大したことはできないから、使い勝手は悪いけどね」

「どこまでも胸糞悪ぃな！」

ロウガさんは大人の腕力で子どもたちをどうにか押さえつけるが、相手は三人。

大人と子どもの差があってもなかなか苦しい展開だった。

やがて押さえきれなかった男の子が、彼の背中からひょっこりと顔を出した。

そして――。

「なにっ⁉」

「おらぁっ‼」

「ぐおっ‼‼」

即座に男の子と入れ替わったエルハムが、ロウガさんの腹をけり上げた。

ロウガさんの身体が軽々と宙を舞い、そのまま天井《てんじょう》を擦って落ちていく。

俺は慌ててその落下地点に向かうと、どうにかこうにか彼の身体を受け止めた。

「くそっ、うまく行くと思ったんだがなぁ……！」

悔しさを滲《にじ》ませるロウガさん。

人質と自由に場所を入れ替えられるうえに、ある程度操る能力。

いやらしさにおいては、これまで戦ってきた敵の中でも最上級かもしれない。

確実に勝てる手などと言っていたが、ある意味では正しいだろう。

これを打ち破る手は、なかなか思いつかないぞ……。

「分かったら、大人しく帰ってもらおうか。あいにく、負けないけど僕の能力では勝ちきれないのでね」

「そんなことできない！　その子たちは必ず解放させる！」

そう宣言すると、改めてエルハムと対峙《たいじ》する俺。

こんなところで退くなど、人としてできるわけがない。

せめて子どもたちだけでも返してもらわなくては。

するとエルハムは、呆《あき》れたように言う。

「噂には聞いていたけど、ずいぶんとお人好しみたいだね」

「このぐらい、人間なら当たり前だ」

「だから人間というのは、弱いんだねえ」

エルハムはふうっと大きなため息をついた。

それと同時に、子どもたちがこちらに向かって走ってくる。

その不器用な動きは、さながら壊れた人形か何かのようだ。

——また操られてるな！

彼らの攻撃をどうにか避けると、続いてエルハムが俺に向かって切りかかってきた。

——速い！

子どもたちとの攻撃速度の差に危うく当たりそうになる。

「ちっ‼」

「っと、これをかわすか！」

どうにか攻撃をかわすと、エルハムが思い切り顔をしかめた。

俺はすぐさま追撃を入れようとするが、ここでまたしても子どもたちが現れる。

ギリギリのところで剣を止めると、たちまち子どもたちは小さな悲鳴を上げた。

「ひっ‼」

「ごめん……！」

身を小さくする子どもたちに俺はすぐさま謝るが、ここであることに気付いた。

どうやら、身体のコントロールが戻っているようなのだ。

そうか、移動させる瞬間に魔法が解けてしまうんだな。

そして再び身体を操るのも瞬時には不可能らしい。

恐らくエルハム自身が同時に二つの魔法を使うことができないのだろう。

ならば、場所を入れ替えた直後にエルハムを攻撃すれば子どもたちを操ることもできずに倒せる。

これが、完全無欠に見えたやつの唯一の隙かもしれない。

「みんな、ちょっと！」

「なに？」

俺はクルタさんたちを近くに呼び寄せると、そっとこの事実を知らせた。

そして子どもたちとエルハムの両方を見ながら作戦を告げる。

「エルハムに入れ替えを使わせた後、二人で子どもたちと奴に同時攻撃をするんです。そうすれば、身動きが取れなくてそのまま攻撃を受けるしかなくなります。それで、子どもたちの方だけはギリギリのところで止《や》めればいいんです」

「だがそれは……一歩間違うと子どもたちに攻撃を当てちまうぞ」

「そうだよ。暴れないにしても、怖がって予想外の動きをするかも」

子どもたちはあくまで戦いの素人。

加えて、連携を取ることすらできない。

驚いて変な行動をする可能性は十分あった。

だが、そうも言ってはいられない。

「ええ、かなり危険です。でも今のところ、これしか方法がない」

「なるほどな。だがそうなると……」

渋い顔をしながら、唸《うな》るロウガさん。

魔族にも通用する攻撃が子どもたちに当たれば、大怪我《けが》は免れない。

本気で攻撃を仕掛けつつ、それをギリギリのところで止める技量が必須だ。

このメンバーでそんなことができるのは、当然ながら……。

「ライザ姉さん、お願いできますか？」

「いいぞ、久しぶりの共同作業だな」

どこか意味深な笑みを浮かべる姉さん。

たちまちクルタさんが、不機嫌そうに口を尖《とが》らせる。

「もう、こんな時に変な言い方しないでよ！」

「ははは、すまんすまん」

「……クルタさんにはカウントをお願いできますか？　それに合わせるので」

「わかった」

「あとはニノさん、奴に先制攻撃を」

「任せてください」

段取りは決まった。

俺と姉さんは互いに距離を取ると、武器を構えて軽く足を開く。

そして――。

「はあっ!!」

あえてエルハムの気を引くべく、気迫の籠もった声を出すニノさん。

彼女はそのまま前傾姿勢を取ると、縮地さながらの速度でエルハムに迫る。

流石はシノビ、なかなかの速度だ。
そして逆手に構えたクナイで、そのままエルハムの身体を切り裂こうとする。
だがその刹那、エルハムと子どもたちが入れ替わった。
「いまです!!」
今にもエルハムを切り裂こうと前のめりになっていたニノさん。
その身体が、見事な宙返りを披露した。
猫を思わせるほどの圧倒的な身軽さである。
それと同時にクルタさんがカウントを始める。
「1、2、3……!」
数字が読み上げられるのに合わせて、俺と姉さんがほぼ同時に足を動かした。
俺の剣術は基本的にライザ姉さんから教えられたもの。
よって、身体の動かし方などは姉さんと共通するものが多い。
ゆえにお互い、呼吸から手の振り方に至るまで完璧に合わせられる。
俺とライザ姉さんは、ある意味で最も相性の良い相手だった。
「くっ!! 全く同時だと……⁉」
重なって見えるほどの動きを見て、とっさに反応できないエルハム。
こいつ、魔法は得意だが剣術はそれほどでもないな?

俺は身動きの取れないやつに向かって、渾身《こんしん》の突きを入れる。

煌《きら》めく聖剣の切っ先が、たちまちエルハムの胸元へと吸い込まれた。

入れ替わることは……ない！

「入った！」

「ぐあっ!!!!」

吹き上がる血飛沫《ちしぶき》。

俺は確実に止めを刺すべく、聖剣をぐっと力を込めて捻《ひね》ろうとした。

するとここで、エルハムが急に弱々しい声で言う。

「や、やめろ……！　殺さないでくれ……！」

「お前……！　今までさんざん人を殺してきただろうに、命乞いをするのか？」

これだけ卑劣なことを堂々とやってのける魔族である。

今までにも多くの犠牲者を出してきたに違いない。

それが自分だけは助かろうなどとは、まったく都合が良かった。

腹の底から怒りがこみ上げてきてしまう。

しかし、エルハムはどうしても死にたくないのだろう。

先ほどまでとは態度を一変させて、媚《こ》びるように言う。

「俺は、重要な計画に、関《かか》わってる……。それを言うから、命だけは……」

「ダメだぞノア！　さっさと止めを刺せ！」

子どもたちを保護したライザ姉さんが、こちらを見て声を上げた。

それに続いて、クルタさんたちもまた俺を見ながら叫ぶ。

「そいつなにするか分からないよ！」

「そうだ、今のうちにやれ！」

「危険すぎますよ、ジーク！」

口々に警告を発するクルタさんたち。

それを横目にしながら、俺は…………ゆっくりと剣を抜いた。

エルハムの言っていることが、完全な嘘とも思えなかったためである。

冒険者たちに売りさばかれた大量の剣。

コンロンがあれを、ただのダンピング目的で売り払ったとは思えない。

きっと何かしらのもっと質《たち》の悪い陰謀があるはずなのだ。

それにこいつが関わっている可能性は、それなりにある。

「……少しだけ話を聞いてやる」

「ありがたい、物分かりがいいじゃないか……」

「余計なことは言うな。それで、重要な計画ってのは何なんだ？」

聖剣を首筋に当てながら、エルハムに尋ねる。

するとは、もったいぶるように呼吸を整えて言う。

「俺たちの売り払った剣には、実はある特殊な術式が刻み込んである」

「……何をするつもりなんだ？　それに俺たちということは、他にも剣を売っている者がいるのか？」

「人間どもを……ぐっ⁉」

急にエルハムの言葉が途絶えた。

ダメージを受けすぎて、話すこともままならなくなったのか？

とっさにそう思った俺はエルハムの肩に手を置くが、どうにも様子がおかしい。

治癒魔法を掛けようともしたが、何故か効果が出なかった。

これは……何かが身体の中で……！

やがて胸を掻《か》きむしりながら、エルハムは崩れ落ちるように倒れてしまう。

「おい、どうした、おい？」

「るああっ‼」

「なんだ⁉」

エルハムの口から、得体のしれない黒い塊が飛び出した。

これは……穢《けが》れた魔力の塊か？

もやもやとした瘴気を発していて、見ただけで危険だとわかる。

「ブランシェ!!」

すぐさま浄化魔法を放つと、黒い塊は溶けるようにして消えていった。

正体はよくわからないが、何かしらの呪詛《じゅそ》のようなものかもしれない。

その消滅を見届けたところで、俺は改めてエルハムの身体を揺する。

「おい、おい！」

上半身を持ち上げて、耳元で声を上げる。

しかし、エルハムはまったく何の反応も示さなかった。

傷のせいなのか、それとも先ほどの黒い塊のせいなのか。

急いで脈を確認すると、止まってしまっている。

「……死んだのか？」

「そう、みたいです……」

「どういうことだ？　何かの魔法か？」

「傷が原因って可能性もあるけど……」

「ちょっと見てみますね」

俺は恐る恐る、エルハムの上着を脱がせて身体を確認した。

すると胸を覆うように得体のしれない魔法陣のようなものが刻み込まれている。

魔力探知をすると、微かにだが悍《おぞ》ましい魔力の気配を感じる。

これは……明らかに高位の魔族によるものだな。

どうやらこれが、エルハムの命を奪った元凶らしい。

「……たぶん、秘密を喋《しゃべ》ったら死ぬようになってたんでしょうね」

「これがコンロン……いや、魔族どものやり方ってわけか。結局、計画ってのが何なのかはわからなかったな」

「いいえ、だいたい見当は付きますよ」

「わかったのか？」

驚いた顔をするライザ姉さん。

クルタさんたちも、ほうっと目を見開く。

「恐らく、剣には人を操る魔法が仕込んであるんだと思います。それで混乱を起こして、その隙をついて仕掛けてくるつもりなんじゃないかと」

「どうしてそうだと思った？」

「さっき、子どもたちを操っていたでしょう？　それで俺たちは格段に動きにくくなった。やつらの背後にいる魔族の目的からすれば、単純に人を殺すよりも操る方が最適です」

「目的って、まさか……」

「ええ、魔界から人間界への戦争ですよ」

俺がそう言った瞬間、クルタさんたちの顔が凍り付いた。

姉さんもまた思い切り渋い顔をする。

にわかに緊張が高まり、周囲から音が消えた。

俺自身、恐ろしい事態の到来に心が凍り付いた。

心臓の鼓動が嫌にはっきりと感じられる。

「なるほどね。いよいよ戦いが近づいたから、コンロンも正体を隠しておく必要もなくなったってわけだ」

「恐らくは。……ねえ、君たち！　エルハムから貰《もら》ったものとかない？」

どうにか無事だった子どもたちの方を見て、呼びかける。

すると彼らは困ったように顔を見合わせた。

「そんなもん、特にないけど……」

「食い物ぐらいだよな？」

「あとは……魔除けのランタンとか？」

そう言うと、クシャッとした髪の女の子が部屋に置かれていたランタンを手にこちらへ来た。

俺たちと出会った時に持っていた、青白い光を放つものである。

その魔力を帯びた輝きは、てっきり魔除けのためのものだと思っていたが……。

丁寧に魔力探知をすると、どうにもそれだけではないらしいというのがわかってくる。

「この光、精神に作用するみたいですよ」

「はい、詳しいことまではちょっとわかりませんけど。どうにも、洗脳されやすくなるみたいな効果があるようです」

「ええ、ほんと⁉」

俺はすぐさま、近くに落ちていた布でランタンをくるんだ。

するとクルタさんがどこか納得した顔で言う。

「なるほど、じゃあさっきライザが妙に簡単に騙されたのも……」

「この光のせいでしょうね」

「いくらなんでも、あんな穴だらけの理屈に簡単に騙されすぎでしたからね」

「ああ、あれに騙されるのは子どもだけだろ普通」

「……お前たち、私をさりげなく馬鹿にしていないか？」

そう言うと、こめかみの辺りをピクピクと振るわせるライザ姉さん。

……まあ、他のみんなが騙されなかったのに姉さんだけ騙されてたからなぁ。

魔法の作用があったとしても、やっぱり脳筋なのは間違いないが……。

「ノア、いま妙なことを思っただろう？」

「いや、そんなことは」

「まあいい。それよりも問題は、剣に刻まれた術式についてだな」

「こうなったらもう、回収するしかないよ」

「だが、もう何百本も出回ってるんだろ？　んなもんどうやって……」

「何百本どころじゃないよ！」

男の子が声を大にして叫んだ。

彼はそのまま、凄《すご》い勢いで話を続ける。

「リーダー、前に言ってたんだ！　ラージャ以外にも買い手はいるって！」

「確か、どこかの騎士団が買ったとかも言ってたよね？」

「うん。傭兵団に売れたとかも言ってた」

「これは……思った以上に拡散してますね」

ラージャだけの話かと思ったら、どうやらそうではないらしい。

参ったな、ここまでくると俺たちだけではどうしようもないぞ。

あまりにも規模が大きすぎる……！

「すぐにギルドへ行って、応援を要請しましょう！　みんなも、証言お願いできる？」

「うん、もちろん！」

「俺たちだって裏切られたんだ、黙ってられないよ！」

自分たちを盾にしたエルハムの行動に、強い憤《いきどお》りを感じているのだろう。

子どもたちは一も二もなく、協力を了承してくれた。

しかし、ここでロウガさんが不安げに言う。

「だが、それで間に合うのか？　冒険者以外にも売られちまってるみたいだが」

「でも、それ以外にやりようがないですよ！」

「何とか、貴族たちにも知らせられない？」

「冒険者の俺たちが言ったところで、あいつらが動くとは……」

「連中ってとにかく腰が重いからねえ」

「街の議会はどうでしょう？」

「そっちも似たようなもんじゃないかな」

どう対応するのかを巡って、ああでもないこうでもないと議論を始めたクルタさんたち。

ここまでの規模になってしまったら、もはや打つ手は一つしかないな。

事態を収拾できるのは、あの人たちしかいない。

「……………こうなったら、アエリア姉さんたちを呼びましょう」

「皆の力を借りるという訳か」

「ええ。そうするしかないですよ」

「だが、ウィンスターからここまではかなり時間がかかるぞ。間に合うのか？」

姉さんたちの住むウィンスター王都からここまでは、馬車を乗り継いでおよそ一か月かかる。

以前、ライザ姉さんが無茶をして三日ほどで走り切ったこともあったが……。

あれはライザ姉さんが一人だったからできたこと、他の人を連れては不可能だ。

来る前に体がやられて、治療所送りになってしまう。

しかし、俺には一つ妙案がある。

「大丈夫、俺たちには大陸最速の知り合いがいるじゃないですか」

「んん？」

「今すぐギルドに行って、水晶球でチーアンに連絡しましょう！　グアンさんにお願いするんです！」

「おお、あのドラゴン!!」

「そういえば、力を貸してもいいとか言ってたな！」

すっかり納得した様子のクルタさんたち。

こうして俺たちは、急いで水路を出てギルドへと向かうのだった。

閑話

第十三回お姉ちゃん会議

「さてと、全員集まりましたわね」

ノアたちが地下水路で魔族エルハムと戦った日の夜。

ウィンスター王都にあるノアの実家に、姉妹たちが集っていた。

毎度おなじみのお姉ちゃん会議である。

今回の議題は、暗躍を続けるコンロンについてであった。

先日のエルバニアの一件で、改めてその危険性が提起されたためである。

「うちの情報網で改めてコンロンについて調べましたわ。そうしたところ、魔界とのつながりが疑われる資料がいくつも出てきましたわ」

「へえ、流石はフィオーレ商会の諜報部《ちょうほうぶ》。やるじゃない」

「教会の方でも、いくつか情報を摑《つか》んでいます。やはり、彼らの黒幕に魔族がいることは確定的でしょう」

「……とんでもないことになった」

「それと、ひとつずいぶん厄介な情報が……」

懐《ふところ》から薄くやや変色した紙を取り出すアエリア。

その中央には、ノアの似顔絵が描かれている。

そして四角く縁どられたその下には「10，000，000G」と大きく記されていた。

それを見た姉妹たちの目が、たちまち大きく見開かれる。

「まさかこれ……!!」

「コンロンの連中、ノアに懸賞金をかけた？」

「腹立たしいことにそのようですわ。それに一千万だなんて……！」

アエリアはそう言うと、ぎゅっと唇をかみしめた。

そして、一拍の間を置いて言う。

「あまりにも安すぎますわ！　ノアの命には一億は付けるべきですわよ！　いいえ、十億でも安いですわ！」

「……怒るとこ、そこ？」

「流石《さすが》はアエリアね。けど、一千万って相当よ？　魔界の方が人間界より物価は安いぐらいだっていうし」

半ば呆《あき》れたような顔をしながら、告げるシエル。

実は、魔界と人間界では共通の通貨が使われている。

遥《はる》か古《いにしえ》、魔界と人間界が交流していた頃の名残である。

ただし両者には大きな物価の差があり、基本的に人間界の方が通貨の価値は低い。

「どうやら連中は、どうしてもノアを排除したい理由があるみたいですわ。時期はハッキリとしないのですが、大きく動く予定があるようですわね」

「それで懸賞金を吊《つ》り上げて、一刻も早くノアを排除しようとしているってわけか。けど、いったい何をするつもりかしら？」

「さあ、そこがなかなか見当がつかなくて」

そう言うと、アエリアは何やら考え込むように腕組みをした。

そして他の姉妹たちにも、何か考えはないかと目配せをする。

しかし、彼女たちにも思い浮かぶような事柄はなかったのだろう。

姉妹たちは困ったようにそれぞれ頭を抱えて唸《うな》り出す。

そうして数分が過ぎた頃、シエルが何かを思いついたように手をついた。

「……そうだ、赤い月よ！　連中が魔族だとすれば、赤い月の日は逃さないわ！」

「ああ、そういえば！　そろそろでしたね！」

シエルの言葉に、ファムもまた納得したように頷《うなず》く。

しかし、アエリアとエクレシアはよくわからないまま首を捻《ひね》る。

「赤い月って、なに？」

「わたくしも、聞いたことがございませんわね」

「えっと、だいたい七十年周期だったかしらね。大気中のマナの濃度が濃くなる日があるのよ。その日は月が赤く見えるから、赤い月の日って言われるんだけど……」

「その日は魔族たちの力が高まる危険な日なのです」

シエルに代わって、深刻な顔で告げるファム。

彼女の低い声に、たちまちアエリアとエクレシアは顔を青くした。

戦う力を持たない彼女たちにとって、魔族はまさしく恐怖の象徴。

それが力を増す日など、悪夢としか言いようがない。

「奴《やつ》らが何かを仕掛けるとしたら、間違いなく赤い月の日よ」

「だからそれまでに、ノアを排除しようとしていると？」

「ええ、その可能性が高いわ」

緊迫した面持ちで告げるシエル。

姉妹たちの緊張感が高まり、アエリアの額に汗が浮かぶ。

「その赤い月の日は、正確にはいつなんですの？　それが分からないと、備えることも難しいですわ」

「ちょっと待って。マナの濃度の記録が研究所にあるから、それを見ればわかるはずだけど……。あと一週間もないぐらいかしらね。もっと短いかも」

「もうすぐじゃないですの!!」

予想を超える期限の短さに、アエリアの声が大きくなる。

ラージャまでの距離を考えると、もはや猶予はまったくない。

それどころか、普通にウィンスターから馬車で移動したのでは向こうにたどり着く前に赤い月を迎えてしまう。

「ワイバーンを手配しますわ。シエル、すぐにラージャへ向かいなさい」

「私も参りましょう。この苦難を乗り越えるには、神の導きが必要なはずです」

「……大丈夫ですの？　聖女がこの短期間に二度も遠征して」

「ノアの身の安全には代えられません」

きっぱりと断言するファム。

その固い決意を耳にして、アエリアはすぐさま頷いた。

しかし一方で、エクレシアは少し不安げな顔をして呟《つぶや》く。

インドア派に思える彼女であるが、個展などで各地を飛び回る機会も多く、ある程度旅慣れていた。

「大丈夫？　ワイバーンだとギリギリ間に合わない気がする」

「かなりきわどいですけど……。無理をさせれば何とか……」

渋い顔をしながらも、脳内で計算をするアエリア。

ウィンスターからラージャまでは、馬車でおよそ一か月かかる距離である。

ワイバーンは馬などとは比にならない速度で空を飛ぶが、実は長距離飛行を得意とする種ではない。

加えて、ワイバーンを飛ばすためにはそれぞれの国の許可が必要で何かと待たされることも多かった。

「自動車は？　あれも速かったわよね」

「まだとても長距離には耐えられませんわ。途中で故障して、修理が必要になるのが関の山ですわよ。シエルの方こそ、転移魔法とかありませんの？」

「無理よ、まだ実験段階の技術だわ。転移魔法の実物でも見られれば、話は違うんでしょうけど」

「そんなのとても無理ですわね。おとぎ話の類《たぐい》ですわ」

「こうなったら、いっそドラゴンでも……」

アエリアがそう呟いた時であった。

シエルとファムの顔が、にわかに強張《こわば》る。

彼女たちは何も言わずに席を立つと、慌てた様子で窓に走り寄った。

「どうしましたの？」

「……何か来る。すごい速さよ！」

「凄《すご》く大きな存在を感じます」

「まさか、魔族？」

「いえ、嫌な気配は感じないのですが……」

エクレシアの問いかけにそう答えながら、窓を開いて顔を出すファム。

迫りくるものの正体を確かめるべく、彼女は手で庇《ひさし》を作りながら地平線の彼方《かなた》を見た。

すると、星明かりに照らされながら白い何かがこちらに迫ってくる。

その清浄な光はさながら、小さな恒星のようだった。

そして――。

「ドラゴン……!?」

瞬く間に屋敷の上空へとやってきた白い影。

それを見上げたファムは、茫然《ぼうぜん》と眼を見開くのだった。

第四話

集結！

「……どうしてお前たちはいつも厄介ごとに巻き込まれてるんだ？」

翌日の早朝。

俺《おれ》たちから報告を聞いたギルドマスターは、途端に渋い顔をした。

まあ無理もない、ラージャに来てからずっと事件が続いていたからなぁ。

しかもそのどれもが、街の存続にかかわるような一大事だ。

支部を預かるマスターとしては、胃が痛い限りだろう。

「まぁ、ジーク自身が規格外だからね。しょうがないよ」

「そういう体質なんでしょうね、たぶん」

「考えない方がいいこともあるもんだ」

「……何ですか、そのどこか諦《あきら》めた態度」

それぞれに呆《あき》れたような態度を取るクルタさんたちに、たまらずツッコミを入れる俺。

そんな態度を取られたら、俺が普通じゃないみたいじゃないか。

ライザ姉さんならともかく、俺はごくごく普通の一般人だっていうのに。

人間離れした扱いをされても、どうにも納得がいかない。

「……なってしまったものは仕方ないか。だが、今回の剣の回収にギルドとして協力するのは難しいな」

「えっ⁉　どうしてですか？」

「そうだよ。子どもたちの証言も聞いたんでしょ？」

既に、子どもたちからの聴取は終えていた。

それによって、今回の一件に魔族が絡《から》んでいるという裏付けはある程度取れている。

しかし、マスターの表情は晴れない。

まだまだ懸念点はたくさんあるといった雰囲気だ。

「想像してみろ。初級の冒険者たちから武器を取り上げるってことはな、連中の食《く》い扶持《ぶち》を奪うってこととほぼ同義なんだ。補償でもしてやれば話は別だが、確たる証拠がない状況でそこまではできん」

「そんな！　ほぼ確実ですよ」

「そりゃ分かってるんだ。だが、ほぼではなぁ」

予想していなかった反応に、戸惑ってしまう俺。

国や街を動かせるかはともかく、ギルドぐらいは迅速に動いてくれると思っていたのだ。

マスターのつれない態度に、たちまちライザ姉さんが声を大きくする。

「ノアの発言については、剣聖のこの私が内容を保証するがそれでもダメか?」

「残念ながら無理です。分かってください、新人冒険者にとって武器を取り上げられるというのはそれだけ一大事なのです」

「……武器は冒険者の命って言う奴《やつ》もいるし、代わりを買う金もない奴が多いからなぁ」

マスターの発言に対して、一定の理解を示すロウガさん。

彼の言葉を聞いて、ニノさんやクルタさんもいくらか納得したような顔をする。

俺と違って冒険者歴の長い彼や彼女たちには、いろいろとわかる部分があるのだろう。

「でも、今ここで動かないと手遅れになりますよ。やつら、近いうちに必ず何かを仕掛けてくるはずです」

「剣に埋め込まれた術式ってのが気になるよね……」

「だったら、その術式が有害であるということを証明してくれ」

「それは、もう少しかかりそうで……」

マスターの問いかけに、俺は言い淀《よど》んでしまう。

実際、俺もあの後すぐにバーグさんのところへ行って再び剣を借りて調査はしたのだ。

だが、何かしらの術式が組み込まれていることしか確認できなかった。

人間界ではあまり用いられない術式だったため、詳細がよくわからなかったのだ。

シエル姉さんの協力を得られれば、ある程度判明するかもしれないが……。

俺だけでは、解析するのに一週間はかかるだろう。

「それだと今は何もできないな」

「だが、魔族が絡んでいるのだぞ！　ろくでもないことに決まっている！」

「……そもそも魔族がいたという確たる証拠がない」

「なっ!!　先ほど聴取はしただろう！」

思わず、声を荒らげるライザ姉さん。

しかし、マスターの言うこともわからないではなかった。

困ったことに、あの後すぐに魔族エルハムの死体は消えてしまったのだ。

おかげで、エルハムの姿を目撃したのは俺たちとあの子どもたちしかいない。

俺たちにギルドを騙《だま》す動機はないとはいえ、嘘《うそ》である可能性を排除できないのだろう。

「完全にしてやられたな。死体が無けりゃ、魔族がいたことを証明しようがない」

「せめて、一部だけでも取っておけば……」

「そうだ！　ケイナなら、返り血からでも魔族だってことを特定できるんじゃない？」

「ダメです、それも含めてきれいさっぱり消えちゃいました」

以前、ケイナさんはローブの切れ端に付着した血から相手の正体を特定したことがあった。

しかし今回は、血の一滴に至るまで完全に痕跡が消えてしまっている。

これでは流石《さすが》の彼女といえども、動きようがないだろう。

身元の隠蔽《いんぺい》に関して、敵はこれまで以上に徹底してきている。

「……個人的には、俺はお前たちが嘘をついているとは思えない。だが、マスターの立場で冒険者たちから武器を回収するというのは相当の大事なのだ。分かってくれ」

そう言うと、申し訳なさそうな表情をするマスター。

こう言われてしまっては、俺たちとしても無理強いすることはできない。

とりあえず、応援が来るのを待って俺たちの方で何とか動くか……。

できるだけ早く来てくれるといいんだけどなぁ。

グアンさんの速度なら、そろそろ来てもおかしくないんだけど……。

うーん、まだかなぁ？

「わかりました。こっちで何とかします」

「そうしてくれ」

こうして俺たちがマスターの執務室を出ようとした時だった。

ノックもせずに入ってきた誰《だれ》かが、いきなりマスターに向かって言う。

「話はおおよそ聞きましたわ。結局、武器の回収ができないのは予算の問題なのでしょう？　そういうことなら、うちでひとまず負担いたしましょう」

「アエリア姉さん!!」

いきなり現れたアエリア姉さんに、俺はたまらず声を上げた。

来られるように手配はしたが、それにしたって……。

グアンさんが街の近く着いたら、すぐに騒ぎになるだろうし……。

俺たちが動揺していると、アエリア姉さんの陰からひょっこりとシエル姉さんが顔を出す。

「……そのまま来たら騒ぎになるから、私がドラゴンの身体を結界で覆《おお》ってたのよ」

「シエル姉さん！　なるほど、それで今まで特に気配を感じなかったんだ……」

「あんなデカいドラゴンを動かすなら、そういう配慮をしないと。危うく、ウィンスターでも騎士団が動き出すところだったんだから」

「そうですわよ。ドラゴンさんもおっしゃってましたわ」

「グアンさんが？」

「ええ。もう少し気を配れって。ドラゴンに心配されるってなかなかよ」

呆れたように両手を上げるシエル姉さん。

するとさらにその後ろから、ファム姉さんが現れる。

「まあまあ、ノアも急いでいたでしょうから仕方ないでしょう」

「せ、聖女殿ではありませんか！」

「お久しぶりですね」

「私もいる」

最後に、エクレシア姉さんがひょっこりと出てきた。

姉さんたち、全員でやって来たのか……。

さらにライザ姉さんを加えて、横並びになった五人。

そのそうそうたる顔ぶれを見て、たちまちマスターの表情が固まる。

「剣聖殿に、賢者殿に、聖女殿に、えーっと……。もしや、フィオーレ商会の会頭？」

「ええ、そうですわ」

「……いったい、何がどうなっているんだ」

「マ、マスター⁉」

ふらっと気を失ってしまったマスター。

わ、大丈夫か⁉

俺は慌てて、その身体を抱えるのだった。


——○●○——


「まさか、大陸の有力者がここまで勢ぞろいするとは……」

数分後、意識を回復させたマスターは眼を見開きながらそう言った。

姉さんたちに恐れをなしているのか、その声は少し掠《かす》れている。

マスターのその態度に影響されてか、姉さんたちを知っているはずのクルタさんたちまで萎縮していた。

身内だからそこまで意識してこなかったが、改めて考えると姉さんたちの肩書って相当に大きいからなぁ……。

五人揃えば、国の一つや二つ動かせるだろうし。

……あれ、そう考えると俺っていろいろと普通じゃない立ち位置なのか？

「ジークの家族って、ホントどうなってるの？」

「何か特別な血を引いているとかか？」

こそこそと小声で尋ねてくるクルタさんたち。

……そう言われても、特に思い当たる節なんてないんだよなぁ。

姉さんたちの両親は、二人ともウィンスター王都の商人だったし。

その先祖が凄《すご》かったなんて話も聞いたことが無い。

「そんなことないはずですけど……」

「……それより、こちらで補償費用を負担すれば回収には協力していただけますの？」

俺たちが動揺していると、再びアエリア姉さんがマスターに向かって切り出した。

するとマスターはウームと顎に手を押し当てながら言う。

「可能だが、相当な金額になる。いくらフィオーレの会頭とはいえ大丈夫なのですか？」

「問題ありませんわ」

「そういうことなら……。あと、できれば金だけではなく代わりの武器も用意していただけると。替えの武器を持っていない連中も多いので」

「わかっていますわ。後で工房をいくつか巡って、手配しておきましょう」

手際よく段取りを決めていくアエリア姉さん。

さらに彼女は、シエル姉さんやファム姉さんの方を見て告げる。

「シエルはノアと一緒に剣に刻まれた術式の分析。ファムは聖女として冒険者以外の人にも剣の回収に応じるように呼びかけてくださいまし」

「分かったわ。ノア、それでいいわね？」

「ええ。シエル姉さんが一緒なら、この術式もすぐに分析できると思う」

「当然じゃない。そのぐらいすぐよ、すぐ」

「では、私は教会へ向かいますね。さっそく打ち合わせをしなくては」

そう言うと、足早に執務室を出ていくファム姉さん。

彼女の背中を見送ったところで、今度はエクレシア姉さんが言う。

「私は何をすればいい？」

「そうですわね、看板を描いてもらえますかしら？　剣を持って来たくなるような」

「わかった、すぐにやる」

こうしてエクレシア姉さんもまた、せかせかと執務室を出て行った。

ずいぶんと手際がいいというか、慌ただしいというか。

姉さんたちのことなので、とりあえずは再会を祝っていろいろするのかと思っていたのだが。

今日に限っては、どこか焦《あせ》りのようなものが見て取れる。

もちろん、回収が早いにこしたことはないのだが……。

普段は余裕のある姉さんたちが、ここまで慌てる理由がわからなかった。

「……何かあったんですか？　ずいぶん、急いでるみたいですけど」

「ん？　てっきり知ってて私たちを呼んだんだと思ったんだけど？」

「え？」

おやっと首を傾《かし》げるシエル姉さん。

理由がわからない俺は、改めて尋ねる。

「いや、俺たちはただ一刻も早く剣を回収した方がいいと思って」

「じゃあ、赤い月のことは考えてなかったの？」

「赤い月……あっ!!」

シエル姉さんに言われて、俺はようやくそのことを思い出した。

赤い月の夜といえば、魔族たちの力が高まる危険な現象である。

場合によっては、通常の数倍もの力を出せることもあるとか。

魔族たちが大規模な動きをするならば、その日を逃すはずはないと容易に想像できる。

こんな重要なこと、今までどうして忘れていたのか。

自分で自分を問い詰めたいような気分になった
「……こっちに来るまでの間に、私の方でいろいろ計算したんだけどね。赤い月まであと三日しかないわ」

「み、三日⁉　そんなに時間が無いんですか⁉」

「ええ。だから、さっさと剣を回収して術式の特定をしないと。それから、ライザ！」

「なんだ？」

「私とノアが狙《ねら》われる可能性が高いわ。しばらく護衛を頼むわよ」

「わかった。任せておけ、必ず守り抜く」

ドンッと胸を叩《たた》くライザ姉さん。

その凛々《りり》しい表情は実に頼もしく、剣聖としての威厳を感じさせた。

だがその直後、彼女は表情を緩めてとぼけた顔で言う。

「……ところで、赤い月とはなんだ？」

「ったく、気が抜けるわね。赤い月っていうのは……」

簡単に説明をするシエル姉さん。

その話に、ライザ姉さんだけではなくクルタさんたちも聞き入る。

どうやらみな、赤い月という現象については初耳だったらしい。

やがてシエル姉さんが話し終えると、彼女たちは真《ま》っ青《さお》な顔をしていた
「そんなヤバい日があと三日で⁉」

「だから、わたくしたちも急いでるんですのよ。本当なら、ノアと再会したことを祝して今日一日はのんびりしたかったのですが……それはすべて終わってからですわ」

「いよいよ余裕がないな。よし、俺たちもちょっと知り合いに声をかけるか」

「そうだね、ボクたちも急ごう！」

「どうするんですか、お姉さま？」

「知り合いを回って、少しでも剣を掻《か》き集《あつ》めるんだよ！」

居てもたってもいられなくなったのか、慌てて執務室を後にするクルタさんたち。

ここでシエル姉さんが、そっと俺の手を握って言う。

「私たちも行くわよ。この街に魔法の研究ができるような工房とかはある？」

「ええっとそれだと……マリーンさんのところが一番だと思います」

「ああ、マリーン先生の！　それなら確実ね！」

ポンッと手を叩くシエル姉さん。

マリーンさんというのは、俺たちが以前お世話になったこの街に住む魔導士さんである。

もともとはウィンスターの魔法学院で院長を務めていた人で、シエル姉さんとも面識がある。

彼女の工房なら設備も確かだし、いろいろと知恵を借りることもできるだろう。

以前も使用したことがあり、勝手もわかっている。

「急ぎましょう！　とっとと術式を割り出して、先手を打つわよ」

「はい！」

「ではわたくしは、商会を拠点に回収作業の指揮をとりますわ。何かあったら来てくださいな」

こうして、それぞれに部屋を出ていく俺たち。

赤い月の夜に向けて、いよいよ戦いが始まるのだった——。

第五話

大回収計画

「剣の回収？　なんだそりゃ？」

アエリアたちがラージャを訪れた日の昼過ぎ。

ギルドの掲示板の隣に、大きな張り紙が為《な》された。

その上部には「剣回収のお知らせ」とあり、その下には最近出回っている出所不明で格安の剣についての危険性が記されていた。

そして回収に応じた場合、代わりの武器を補償すると書かれている。

「魔族が関《かか》わっているかもしれないって……マジかよ」

「いやいや、買ってしばらく使ってるけど何もねーぞ。職人たちがギルドまで手を回したんじゃないか？」

「でも何のために？　代わりの武器はくれるみたいだぜ」

「きっと罠《わな》さ。また俺《おれ》たちが高い武器を買うようになれば、代わりの武器を用意してもいずれ回収できるって思ってるんだ」

張り紙の内容を見ながら、ああでもないこうでもないと話し合う冒険者たち。

彼らは魔族が関連しているという文言に怯《おび》えつつも、すぐには剣の回収に応じようとはしなかった。

商人たちの語っていた職人たちがぼろ儲《もう》けしているという話を未《いま》だに信じているのだ。

するとここで、カウンターから出てきた受付嬢が張り紙に何かを書き加える。

「回収に応じると、代金と代わりの武器の他に協力金五千ゴールド?」

「……俺、行こうかな」

「いいのか?　仕込みかもしれないぜ」

「だってよ、五千もありゃ美味《うま》い酒が飲めるじゃねえか」

「そりゃそうだがなぁ……」

「どうせ俺が応じなくたって、誰《だれ》かが応じるさ」

周囲の制止を振り切るように、一人の冒険者がカウンターへと向かい剣を差し出した。

すぐに近くにいた職員が代わりの武器と銀貨を差し出す。

——ただ武器を渡すだけで、半日働いたぐらいの金が貰《もら》える。

その事実に、周囲の冒険者たちも動き出す。

主に初級冒険者である彼らにとって、五千ゴールドは重い金額といえた。

「お、俺も!」

「こいつも頼むぜ」

瞬く間に、カウンターの前に冒険者たちの列ができた。

先ほどまで渋っていたのが嘘《うそ》のような有様である。

我先にと動き出した冒険者たちを見て、アエリアはカウンターの奥でほくそ笑む。

「予想した通りですわ。これで、だいたいの冒険者は剣の回収に応じるでしょう」

「あれだけ渋ってたのに、ずいぶんな変わりようですな……」

「後からお得な条件を出されると、最初からあるよりも印象に残るのですわ。それに……最初に動いた方は、わたくしがあらかじめ仕込んでおいたサクラですの」

「なんと、いつの間に」

アエリアの言葉を聞いて、驚くギルドマスター。

彼女がラージャにやって来て、まだほんの数時間しかたっていない。

しかも、大半を商会での打ち合わせに費やしていたはずだ。

それでサクラの手配まで済ませているとは、流石というべき手際の良さであった。

――大商会の会頭とは、こういったものなのか。

マスターは内心で舌を巻きつつも、うんうんと頷《うなず》く。

「……あ、いた」

ここで、ギルドのエントランスにエクレシアが入ってきた。

カウンターの奥にアエリアを見つけた彼女は、すぐさま走り寄ってくる。

その小さな手にはクルクルと丸められた紙が収まっていた。

かなり大きな紙で、横幅がエクレシアの背丈ほどもある。

「商会にいるって言ってたのに、いなかった。ちゃんと教えて」

「ちょうど、回収が始まったので様子を見に来てましたの。商会の者に聞いて下されば、ここまで案内するように言ってありましたのに」

「知らない人と話すの、めんどくさい」

やれやれと額に手を当てるアエリア。

単に人見知りなのではなく、めんどくさいと言うあたりがエクレシアの厄介なところである。

基本的に誰にでも物怖《ものお》じせずに話しかけること自体はできるのだ。

が、めんどくさがってそれをしようとしないのである。

「まあいいですわ。それで、持っているのはもしかして」

「ん、回収を促すためのポスター」

「見せてくださいまし」

「ん」

サッと手にしていた紙を広げるエクレシア。

そこには武器を抱えてカウンターを訪れる冒険者たちの姿が描かれている。

流石《さすが》は大陸屈指の芸術家というべきだろうか。

わずか数時間で描き上げたラフな絵にも拘《かかわ》らず、今にも動き出しそうな躍動感があった。

アエリアとマスターは見ているだけで、身体の奥がそわそわとして動き出したくなる。

——絵画技巧《ピクトマジック》。

エクレシアだけが使える、人の心を操《あやつ》る魔性の技が用いられているようだった。

「完璧《かんぺき》ですわ！　街中に張り出しますから、どんどん描いてくださいまし！」

「わかった。けど、手が足りないから助手が欲しい」

「すぐに手配させましょう。何人いりますの？」

「たくさん」

「具体的に言ってくださいまし！」

「たくさんはたくさん」

「いえですから……」

こうしてアエリアとエクレシアが騒々しくやり取りをしている時だった。

入り口からふらりとファムが入って来て、すぐに二人の方へと歩み寄る。

その後ろには、数名のシスターが付き従っていた。

「あら、ずいぶんと大所帯で来ましたわね」

「単独行動などとんでもないと言われてしまいまして……」

「無理もないですわ、聖女ですもの」

やれやれと告げるアエリア。

むしろ、聖女の身分を考えればまだまだ護衛が少なすぎるぐらいである。

教団本部であれば、シスターの他に騎士が数名付いただろう。

もっとも、生半可な護衛では逆にファムの足手まといになってしまうであろうが。

「街の教会の全面的な支持を取り付けてまいりましたわ。集めた剣については、ひとまず私たちに任せて頂ければ結界を使って安全に保管いたします」

「ありがたいですわ。流石、魔族関連となると頼りになりますわね」

「剣の回収自体についても、教会の呼びかけでどうにかなるでしょう。この街の住民は大半が教団の信徒ですから」

「となると問題は……ノアとシエルですわね」

そう言うと、研究の進捗を案じて少し渋い顔をするアエリア。

こうしている間にも、刻一刻と赤い月の夜は迫っていた——。


——○●○——


「うーん、術式が刻んであることをかなり巧妙に隠してるわね」

アエリア姉さんたちが剣の回収に励んでいる頃。

俺はシエル姉さんとともに、マリーンさんの家の工房で剣の分析に勤しんでいた。

とはいっても、作業は遅々として進まない。

術式が剣の表面に刻み込んであるならば手の打ちようもあるのだが、どうやら内部に何かを埋め込んでいるようなのだ。

シエル姉さんの手を借りれば楽勝だと思っていたが、これではなかなか手の出しようがない。

「こうなったら、剣を折るしかないのかも」

「けど、それをやると壊れるわよ」

「ですよねえ……」

剣をへし折り、中にあるものを取り出すという手もあるにはある。

だが、その際に内部の構造が壊れてよくわからなくなってしまうのはほぼ間違いない
金属の塊である剣を、絶妙な力加減で破壊するというのもなかなか難しいのだ。

「いっそ、魔力を流して反応を見てみるとかはどうかしら？　術式によっては少し危ない結果になるかもしれないけど」

ここで、苦悩している俺たちの様子を見かねたマリーンさんがそう提案してきた。

彼女は俺たちにそっと紅茶を差し出すと、置かれていた剣を手にする。

「この剣、柄の部分だけ金属の色合いが少し違うわ。わずかにミスリルが含まれているんじゃないかしら？　おそらくここから魔力を受信する設計なのよ」

「それについてはもう何回か試しています。けど反応が無いので、特定の人物の魔力にしか反応しないようになっているのかと」

「波長の特定は難しそう？」

「これを作ったのは魔族でしょうから、なかなか」

マリーンさんの問いかけに応じながらも、困った顔をするシエル姉さん。

魔族と人間とでは、そもそも魔力の波長がまったく異なる。

そのため、そもそも術式を発動させるための波長を絞り込むことは非常に困難であった。

だいたい魔力の波長を変えることすら、基本的には超高等技術なのだ。

試行錯誤ができているだけ、シエル姉さんは優れた魔導士といえる。

「適当に、数を打てばそのうち当たるってわけにもいかないのか？」

「それで行けるほど甘くはないわよ。魔力の波長なんて、当てずっぽうにやって合うもんじゃないわ」

「む、案外難しいのだな。ぐわーっとはやれないのか、ぐわーっと」

行き詰まっている俺たちを見かねたのだろうか？

見回りから戻ってきたライザ姉さんが、何とも言えない意見を出してくる。

……ぐわーってなんなんだ、ぐわーって。

いつもながら擬音語満載の発言に、シエル姉さんも呆《あき》れ顔で言う。

「それで何とかなったら苦労しないわよ。それより、妙な奴《やつ》らとか近づいてきてない？」

「今のところ、それらしい気配はないな」

「そろそろ、連中が仕掛けてきてもおかしくないんだけどね」

そう言うと、窓の外を見ながら険しい顔をするシエル姉さん。

赤い月の夜まであと今日を入れて三日。

俺たちが動き出したことは、敵も既に把握していることだろう。

いつ襲撃を仕掛けられてもおかしくない状況なのだ。

ライザ姉さんもそれはわかっているのか、先ほどからしきりと周囲の様子を見渡している。

「く、待つしかない状況というのがもどかしいな。敵の居場所さえわかれば、こちらから乗り込んで潰《つぶ》してやると言うのに」

「そうはいっても、連中の本拠地なんて見当もつかないからね」

「街にある程度近いことは確かなんじゃないですか？　ここまで魔力を届かせないといけないわけですし」

剣に組み込まれた何かしらの術式。

その起動に魔力が必要ならば、当然ながら届けてやる必要がある。

魔力も無制限に伝播《でんぱ》するわけではないので、発信源はそれなりに近い場所となるはずだった。

恐らくは、歩いていける距離ではなかろうか。

「……そっか、それよ！」

「え？」

「敵が飛ばしてくる魔力を逆探知するのよ！　それで大元を叩きに行けばいいんだわ！」

「でもそれって、めちゃくちゃ危なくないですか？」

敵が魔法を発動するのは、間違いなく赤い月の夜だろう。

そんな日にわざわざ魔族たちが待ち受けているであろう場所に行くなんて、流石にリスクが高いのではないだろうか？

まして、これだけの術式の担い手となるような相手だ。

爵位持ちクラスの超大物がいたとしてもおかしくない。

下手をすれば、人間界との戦争をもくろむという魔界の公爵本人がいてもおかしくない。

「流石の私でも、アルカクラスの魔族が出てくると厳しいな」

「あの時は危うく負けそうだったもんね」

アルカというのは、ライザ姉さんが以前に戦った魔王軍の師団長のことである。

自らの身体を炎へと変える力を持つ、剣士泣かせの強敵だ。

最終的に姉さんが圧倒的な体力で押し切ったが、一歩間違えれば負けていたかもしれない。

あれが数段強化された状態で出てくるなんて、絶望的だろう。

「……あいつとは相性が悪かっただけだ！　私も腕を上げたからな、今戦えば瞬殺できる」

さん。

「さっきと言ってることが違うんだけど」

「う、うるさい！　とにかく、赤い月の夜に戦いたくはない！」

はっきり負けるとは言いたくないのか、言葉を濁しつつも危険であることを告げるライザ姉さん。

さて、いったいどうしたものかな……。

俺とシエル姉さんが考え込み始めると、やがてマリーンさんが何かを思いついたように言う。

「ねえ、こういうのはどうかしら？」

「何かいい手があるんですか？」

「……あなたたち、少しだけ犠牲が出る可能性があったとしても許容できるかしら？」

そう言うと、少し顔つきを険しくするマリーンさん。

俺たちはすぐさま彼女の話に聞き入るのだった。

第六話　作戦開始！

「剣の回収がほぼ完了しましたわ！　明日の昼で締め切りますので、まだの方は急いでくださいまし！」

剣の回収が始まった翌々日。

ギルドのカウンターにて、早くもアエリアがこう呼びかけた。

それに合わせるように「あと一日！」と大きなポスターが張り出される。

突然の時間制限に、たちまちのんびりと構えていた冒険者たちが慌て出す。

彼らの大半は、窓口が混雑するのを見て何日か後に行けばいいと思っていたのだ。

「期限が過ぎたら、補償金はもらえなくなるのか？」

「その通りですわ。なので急いでくださいまし」

「マジかよ、そりゃ急がねえと！」

数名の冒険者が慌てて動き出す。

実のところ――彼らは仕込みであった。

慌てふためくことで、周囲を焦《あせ》らせるのが狙《ねら》いだ。

しかしその大袈裟《おおげさ》な動きにつられて、本当に剣を引き渡そうか迷っていた者たちも動く。

「……ギルドはひとまずこれで問題なさそうですわね」

「あと厄介そうなのは、街の衛兵たちでしょう」

アエリアの隣に立つマスターが、少々困ったような顔で言った。

その様子を見て、アエリアははてと首を傾《かし》げる。

「それはどういうことですの？　衛兵ならば武器は支給品があるはず。わざわざ、別のものを買い求める理由はなさそうですが」

「ええ。この街は前線ですからね。それなりに良いものが渡されているのですが……」

そこまで言うと、察してほしいとばかりに顔をしかめるマスター。

それを見たアエリアは、おおよそのことの次第を理解する。

「……なるほど。支給品を売って、代わりに問題の剣を購入したと」

ふうっとため息をつきながら言うアエリア。

いかにも、遊ぶ金に困った連中の考えそうなことであった。

件《くだん》の剣の売値は相場のおおよそ五分の一程度。

支給品の剣を売り、その金でこの剣を買い直せばかなりの差額が生まれる。

それを丸ごと懐《ふところ》に入れて、飲み代にでもしてしまったのだろう。

「その通りです。街からの支給品を売り払ったとなれば大問題ですから、そう簡単には回収に

りますから」
「衛兵の一人が、酒場でうっかり口を滑らせたそうで。一応、そう言った場所にも私の耳はあ
「面倒なことになりましたわね……。その話、どこで聞きましたの？」
応じることはないでしょう」

「参りましたわね。計画のためには、回収率を上げる必要がありますが……」

額に手を当てて思考を巡らせ始めるアエリア。

しばし考えた後、彼女はどこか諦《あきら》めたように言う。

「衛兵たちと仲の良い冒険者はいますかしら？」

「何人か、心当たりがありますよ」

「でしたら、彼らにいくらか金を握らせて小遣《こづか》い稼ぎを持ち掛けてもらいましょう」

「といいますと？」

「俺《おれ》が剣を持って行ってやるから、手間賃として半分よこせとか」

アエリアはふふっと笑いながらそう告げた
それを聞いて、マスターはなるほどと頷《うなず》く。

知り合いにそう持ち掛けられたなら、素直に応じる衛兵は多いだろう。

もともと支給品を売り払ってしまうような不真面目《まじめ》な連中なのだから、話は通じやすいに違いない。

「わかった。手配しましょう」

「ついでに補償金も増額しましょう。決心がつかない人も動きやすくなるはずですわ。これで明日には全回収間違いなし！」

「そうですな！」

最後は、何やら芝居がかった仕草で笑うアエリアとマスター。

その様子は、さながらわざと人に聞かせているかのようである。

こうして一通り話を終えたところで、アエリアは外で待っていた秘書を連れてギルドを後にする。

「次は教会に参りましょう。あちらも回収は順調と聞いておりますわ」

「はい、昨日から大量の剣が持ち込まれているとか」

「わたくしたちが本気を出せば、ざっとこんなところですわねえ」

扇を口元に当てて、高笑いをしながら街を闊歩《かっぽ》するアエリア。

やがて彼女が教会の前までいくと、そこには教会関係者たちを引き連れたファムが待ち構えていた。

「待ってましたよ、アエリア。さっそく回収した剣について、打ち合わせをしましょう」

「ええ。あなたはここでまっててちょうだい」

「はっ」

秘書を礼拝堂の入り口に待機させると、アエリアとファムはゆっくりと奥の扉に向かって歩き出した。

流石《さすが》は聖女というべきだろうか。

ほんのわずかな距離を歩くだけでも、周囲の視線が痛いほどに集まる。

ちょうど祈りの時間だったようで、礼拝堂には多くの信徒たちが集っていた。

「回収はどうですの？」

「今のところは完璧《かんぺき》ですね。明日の朝には、ほぼなくなると思います」

「それは良かったですわ」

「これも信徒の皆様のおかげです」

信徒たちの方へと振り返ると、にっこりとほほ笑むファム。

たちまち、礼拝堂に集っていた信徒たちは彼女に向かって深々と平伏した。

こうして二人は作戦がうまく行っていることを確認しながら、扉を開けて中の事務室へと入っていく。

そして扉を閉じ、周囲を見渡して誰《だれ》もいないことをしっかりと確認すると――。

「………では聞きますが、本当のところはどうなんですの？　回収率は」

先ほどまでとは打って変わって、深刻な顔で尋ねるアエリア。

するとファムもまた、悲観的な顔をして軽く肩を落とす。

「まだ半分といったところです。明日の昼までだと、恐らく七割ぐらいでしょうね」

「こちらも似たようなものですわ。どうやら、ノアたちが見つけた魔族以外にも剣を売り捌《さば》いていたものがいるようで」

「そうなると、やはり明日の昼までに完全回収をするのは……」

「絶望的だと思いますわ」

アエリアはきっぱりとした口調で告げた。

それはすなわち、このままでは魔族の計画を阻止できないということを意味している。

そんな彼女に対して、ファムは少し不安げな口調で『もう一方の計画』について尋ねる。

「正攻法では無理ですか」

「ええ、ノアたちのアイデアに賭《か》けるしかなくなりましたわね」

「あれに賭けるのは、私としてはちょっと……」

「魔族を揺さぶれるかどうかが心配ですの？」

「ええ」

——剣の回収が実際以上にうまくいっていることを装い、魔族たちを騙《だま》して焦《じ》らせる。

そして、赤い月の夜の前に行動を起こさせる。

これが、マリーンがノアたちに提案した内容であった。

剣がすべて回収されそうとなれば、その前に魔族たちは何かを仕掛けてくる。

そうなれば、赤い月の夜を避けて彼らと戦うことができるのではないか。

マリーンはそう予測して、ノアたちにこの作戦を提案したのだ。

「わたくしはうまくいくと思いますわ」

「ずいぶんと自信があるんですね」

「ええ。あれだけの量の剣を用意するのは、魔族にとっても一大事だったはず。長い時間をかけた計画を潰《つぶ》されそうになれば、やつらも相当に焦るはずですわ」

「商人としての勘ですか」

「そうですわ。この辺りは、人間も魔族もそれほど変わらないと思いますわよ。お互い、損得勘定の出来る生き物ですもの」

商人としての経験に裏打ちされたアエリアの言葉には、重みと含蓄があった。

それを聞いて、ファムはひとまずそういうものかと納得をする。

するとここで――。

「た、大変です聖女様！」

「どうしました？」

「結界の中に保管していた剣が、急に光り出しました！」

とっさに顔を見合わせるファムとアエリア。

どうやら敵は、想像以上に早く動き始めたようだった。

彼女たちは急いで、結界のある部屋へと移動する。

すると淡く光るガラスのような結界の中で、山と積まれた剣が不気味に赤い光を放っていた。

そのまがまがしい光を目の当《ま》たり《あ》にして、たちまちファムは眼を細める。

「なんて、恐ろしい……！」

「そんなに、危険なんですの？」

「ええ。この気配、どうにも嫌な予感がします……」

そう言うと、手を組んで神に祈りを捧《ささ》げ始めるファム。

その姿を見て、アエリアは恐れを抱くのだった。


——○●○——


「完成だわ」

マリーンさんの提案に乗って、アエリア姉さんたちも巻き込んだ作戦を始めたその日。

魔力を逆探知する装置の開発をしていた俺とシエル姉さんは、とうとうそれを完成させた。

剣がすっぽりと収まる白い木箱に、古代文字と魔法陣がびっしりと刻み込まれている。

これがあれば、どこから魔力が飛んできているのか立ちどころにわかる。

「お疲れ様。昨日は徹夜だったわねえ」

ここで、マリーンさんが紅茶を手に工房へと現れた。

姉さんはさっそくそれを受け取ると、ふうっと一息つく。

「確実に逆探知できる仕組みを作ろうとしたら流石に骨が折れたわ。どんな波長の魔力が使われるか未知数だったし」

「それをたった一日半で作れる姉さんも大したもんですよ」

「ノアの協力のおかげだけどね。なかなか成長したじゃない」

……寝不足で少しテンションがおかしくなっているのだろうか？

シエル姉さんが俺の方を見ながら、何やらいい笑顔で褒めてきた。

魔法のことでシエル姉さんが俺を認めるなんて、明日は槍《やり》でも降るんじゃなかろうか？

術比べに俺が勝った時ですら、素直に認めようとはしなかったのに。

「姉さん、何か変なものでも食べました？」

「別に。くだらないこと言ってないで、いったん休みましょ。流石に、徹夜が続くと節々が痛くてたまんないわ」

そう言うと、姉さんは大きく伸びをしてそのままソファに寝転がった。

よほど疲れていたのだろう、たちまち寝息が聞こえてくる。

……すごいな、十秒も経《た》たないうちに寝てしまった。

まあ、夜を徹して細かい術式を刻み続けたからなぁ。

俺もすっかり目が疲れてしまっていて、頭の奥がどことなく重い。

「あなたは寝なくてもいいの？」

「逆に眼が冴《さ》えちゃって」

「疲れすぎて逆に眠れないということかしら。よくわかるけれど、今のうちに休んでおかないと魔族が動き出した時に大変よ？」

穏やかな口調でやんわりと警告してくるマリーンさん。

しかしまあ、流石に昨日の今日で魔族たちが動き出すこともないのではなかろうか。

連中にとっても決戦を早めて赤い月の夜を避けるのはリスクがある。

俺たちの回収が間に合うかどうか、ギリギリまで様子を見るに違いない。

むしろ俺は、剣に込めた術式が無駄になるとしても赤い月の夜まで待つ可能性も高いと見ていた。

強大な魔族が力を増すということは、それだけ大きなアドバンテージなのだ。

「……眠くなったら寝ます」

「なら、毛布だけ置いておくわね」

「ありがとうございます」

マリーンさんは毛布を置くと、そのまま工房を出ていった。

さてと、姉さんも寝ていることだし今のうちに俺ものんびりするか。

椅子《いす》から立ち上がると、俺は体をほぐすように部屋の中をゆっくりと歩き始めた。

だがここで、窓の外から騒々しい声が聞こえてくる。

「ん？」

おかしいな、この辺りは閑静な高級住宅地のはずなんだけど。

いくらラージャが冒険者の街とは言え、この辺りで騒ぎなどめったに起きるはずはない。

すぐさま窓を開けて、いったい何が起きているのかを確認しようとする。

すると――。

「ジーク、大変だよ！」

「わっ⁉」

いきなり、窓枠からクルタさんがひょこっと顔を出した。

驚いた俺は危うく尻《しり》もちをつきそうになる。

「急にどうしたんですか？」

「剣を持ったやつらが暴《あば》れ出《だ》したの！　たぶん、魔族の仕業だよ！」

「嘘《うそ》、もう仕掛けてきたんですか⁉」

予想を遥《はる》かに超える動きの早さに、声が大きくなってしまった。

動き出すとしても、せいぜい明日の夜ぐらいだと思っていたのだ。

これは……よほど凶悪な術式を剣に込めていたのか？

そうでもなければ、これほど迷いなく行動を起こすとは考えにくい。

あと数日待てば、彼らにとって数十年に一度のチャンスが訪れるのだ。

それを逃してまで仕掛けてくるとは……。

「暴れてる人の様子は？　どんな感じですか？」

「ええっと、何というかゾンビみたいな感じ！　力もかなり増してる！」

「最悪じゃないですか……！」

そんな連中が大暴れしたら、街があっという間に壊滅してしまう！

一刻も早く対策を講じなければ、何もかも手遅れになるぞ！

「姉さん、起きてください!!」

「……なに？」

「魔族が動き出しました！　操《あやつ》られた人が暴れてます！」

「えっ⁉」

驚きながらも、急いで上着を羽織るシエル姉さん。

俺はすぐさま二人で魔力の逆探知を始めようとした。

だがここで、さらに絶望的な事態が襲い掛かってくる。

「ノア！　とんでもないことになったぞ!!」

「ああ、わかってます！　剣を持った人が暴れてるんですよね？」

部屋に飛び込んできたライザ姉さんに、俺はそう答えた。

すると彼女は、凄《すご》い勢いで捲《まく》し立ててくる。

「そうだが、それだけじゃない！」

「え？」

「ちょっとこっちにこい！」

強引《ごういん》に俺の手を摑《つか》んで引っ張るライザ姉さん。

彼女はあろうことか、そのまま俺の身体を無理やり抱え込んでしまった。

ちょ、いきなりなにを⁉

俺が戸惑っている間に、彼女は開いていた窓から外へ飛び出した。

そして家の方へと振り返ると、俺を抱えたまま飛び上がる。

「ね、姉さん⁉」

「こら、暴れるな！」

手足をばたつかせる俺をよそに、ライザ姉さんはひょいひょいっと屋根まで移動した。

その動きはさながら、猿か何かのよう。

下で見ていたクルタさんも、思わず呆《あき》れたような顔でこちらを見上げる。

うう、ちょっと情けないというか恥ずかしいというか……！

俺はたまらず、姉さんの顔を見ながら不満を漏《も》らす。

「……何だって屋根の上なんかに？」

「あれを見ろ」

そう言ってライザ姉さんが指差したのは、遥か街の外であった。

なだらかな丘陵の連なる草原と鬱蒼《うっそう》と生い茂る境界の森がどこまでも広がっている。

そして、その大自然と街とを隔てる高い城壁。

視界を切り取るそこに向かって、何やらたくさんの人間が殺到していた。

俺の視力ではよく見えないが、統一された鎧《よろい》を着ているように見える。

もしかして、軍隊か何かだろうか。

だがその動きは、どうにもバラバラで烏合《うごう》の衆というのが相応《ふさわ》しい。

「ひょっとして……」

「どうやら、遠征に行っていた軍が丸ごと操られたらしい」

「ほんとですか？」

「間違いない。全員、同じ装備を身に着けている。胸には家紋らしき紋章もあるな」

手で庇《ひさし》を作りながら、目を凝らして語るライザ姉さん。

どうやら彼女には、この場所からあの一団の姿がはっきりと見えているらしい。

……なんてこったよ。

ある種、最悪の事態の到来に俺は思わず気が遠くなるのだった。

第七話

それぞれの戦い

「くっそ、思ったより多いな！」

「ロウガ、手を貸してください！」

ラージャの街の南西部。

ここは、初級冒険者向けの安宿や店が数多く点在する地区である。

問題の剣は初級冒険者が多く購入していたため、ロウガとニノはこの地区を中心に見回りをしていた。

そして問題の剣を持つ冒険者を見つけたら、それとなく回収に応じるように促していた。

こうして地道に活動していたところ、いきなり街中で暴《あば》れ出《だ》す者たちが現れたのだ。

「これじゃキリがねえ！」

「参りましたね、他に戦えそうなのは……」

ロウガが大盾で押さえつけている間に、周囲を見渡すニノ。

しかし困ったことに、周囲は逃げ惑う一般市民ばかり。

日中ということもあって、冒険者たちの多くは出払ってしまっているようだ。

そうしている間にも、さらに剣を持った暴漢が姿を現す。

「げ⁉　また増えましたよ！」

「ニノ、何か縛るものを持ってないか！」

「ちょっと待ってください！」

ニノはすぐさま懐《ふところ》から鉤爪《かぎづめ》のついた縄を取り出した。

ロウガの盾の陰から出た彼女は、すぐさま思い切り口笛を吹いて注意を引く。

――ピイィッ‼

響き渡る高音。

たちまちその場にいた暴漢たちは、ニノの方に向かって歩き出した。

どうやら、剣に操《あやつ》られた人間は音に対して敏感らしい。

「うおおぉ……」

「そりゃっ‼」

縄をブンブンと回して、勢いよく投げつけるニノ。

たちまち先端の鉤爪が暴漢たちにぶつかり、縄が勢いよく彼らの身体に巻き付く。

身動きの取れなくなった暴漢たちは、そのまま足をもつれさせて転んだ。

彼らは手足をばたつかせて暴れるが、縄はまったく切れる気配がない。

「流石《さすが》じゃねえか！」

「これでもシノビですからね。縄術も得意ですよ」

「その調子なら、どれだけ来ても平気だな」

ニノの見事な手際に、感心したように笑うロウガ。

彼はすぐさま倒れた暴漢たちの元へと向かうと、彼らが握っている剣へと目をやる。

それは紛れもなく、これから回収しようとしていた剣であった。

作りはごくごくありふれたものだが、黒みがかった地金で明らかだ。

「ちっ、もう動き出したってことか」

「どうします？　剣だけ回収しておきますか？」

「いや、待った方がいいな。下手に触ったら何が起こるかわからん」

そう言うと、ロウガは剣に触れないように注意しながら暴漢たちを道の端へと移動させた。

そうしたところで、騒ぎを聞きつけたらしい衛兵たちが走ってくる。

「どうした？　何があったんだ？」

「急に暴れ出した人たちがいて！　たぶん、魔剣に意識を乗っ取られてます！」

「もしかして、最近話題になっていたやつか？」

大々的に回収していたため、どうやら衛兵たちも魔剣の存在を把握していたらしい。

これなら、事態を説明するにもさほど苦労はないだろう。

ロウガとニノは一安心するが、ここで予想外の事態が起きる。

「待て、あれは俺《おれ》も……ぐあっ⁉」

「なっ⁉」

衛兵の一人が急に、頭を押さえて苦しみ始めた。

腰に差していた剣の鞘から、にわかに赤い光が漏《も》れ始める。

目尻が避けそうなほどに目を見開き、呻《うめ》くその姿に同僚の衛兵たちは慌てふためく。

「そ、そう言えばこいつ……支給品を売って小遣《こづか》いを稼いだとか言ってたぞ……！」

「嘘《うそ》だろ、そんな……！」

「おい、しっかりしろ、おい！」

「いかん、離れろ‼」

ロウガが叫ぶと同時に、唸《うな》っていた衛兵が剣を抜いた。

そしてそのまま、同僚たちに向かって勢いよく切りかかる。

突然のことに反応が遅れた衛兵たちは、なすすべもなく棒立ちとなった。

惨劇を想像したニノは、たまらず眼を見開く。

そして次の瞬間――。

「ブランシェ‼」

放たれた白光。

清浄なる魔力が、たちまち赤く染まった刃を焼いた。

同僚に斬りかかった衛兵はもちろんのこと、縄をほどこうともがいていた暴漢たちまでもが瞬く間に動きを止める。

——カランッ！

手放された剣が地面に落ち、乾いた金属音が響く。

「ウオォ……ナニヲ……」

「……ワカラナイ？」

完全に正気を取り戻したわけではないようだが、言葉を発し始める人々。

しばらくすれば、どうにか回復できそうである。

その様子を見て、ロウガとニノはほっと一息つく。

「何とかなったな……。流石は聖女様」

「助かりました。さっきはどうなることかと……」

「申し訳ありません、救援が遅くなりました。予想以上に被害が大きくて」

通りの向こうから駆けつけてきたのは、ファムであった。

さらにその後ろから、安全を確認したところでアエリアが続いてくる。

「さきほどの光は浄化魔法ですか？」

「ええ。どうやら呪《のろ》いに近い性質の魔法のようなので、ひとまず浄化魔法で無効化できます。あとは時間経過で、いずれ元に戻るかと」

「そりゃよかった。なら、聖女様がドンドンと魔法を掛けてくれれば……」

「いくらなんでも無理ですよ！　あまりにも数が多すぎます！」

気楽な様子を見せたロウガに対して、すぐさまニノが反発した。

彼女自身、魔法に近い幻術を扱うことがあるためロウガよりは詳しいのである。

それに同意するように、ファムも申し訳なさそうに頷《うなず》く。

「ええ、残念ながら私の魔力では追いつかないでしょう。他のシスターたちにも協力してもらっていますが、けが人の治療などもあって手が回らず……」

「浄化魔法は使い手が限られてますからね」

「ええ。基本的に聖職者とごく一部の魔法使いだけですから」

「おーーい!!」

ファムがそう言ったところで、またしても通りの向こうから声が聞こえてきた。

振り向けば、ライザたち四人がひどく慌てた様子で走り寄ってくる。

「大変なことになったぞ！」

「ええ、街のあちこちで暴漢が現れて収拾がつきません。このままだと……」

「そうではない！　街の外に操られた者が集まっているのだ！　千人はいるぞ！」

「ええっ⁉」

あまりの事態に、たまらずファムたちは息を呑《の》んだ。

思考が停止してしまっている彼女たちに、すかさずシエルが説明する。

「間の悪いことに、ちょうど訓練で遠征していた騎士団があってね。どうもそいつらが、例の剣を正式採用してたっぽいのよ」

「……なんでまた、あのように怪しいものを！」

「きっとポイタス卿の騎士団だよ。近隣の街をいくつか治める領主なんだけど、とんでもないドケチで有名だから。たぶん、安い剣があるって聞いて買い付けたんじゃないかな……」

額に手を当てながら、困ったように言うクルタ。

しかし、起きてしまったものは仕方がない。

やがてジークが、顔を上げて重々しい口調で言う。

「こうなったら手は一つです。操られた人たちを集めて、まとめて浄化するしかありません」

そう言うと、彼はラージャの地図を取り出した。

そして街のとある地区を指差す。

「ここの水路に奴《やつ》らをおびき寄せて、ありったけの聖水を流し込んで浄化魔法をぶつけます。それで大部分を無力化できるはずです」

「なるほど、この大きな水路なら全員落とせるかもしれんな」

「けどこれ、どっかで見たような」

「……ちょっと待て、ここ水路通りじゃねえか!!」

思わず引《ひ》き攣《つ》った顔で叫ぶロウガ。

ジークの指差した場所は、彼が日頃からよくお世話になっている歓楽街だったのだ──。


──○●○──


「この世の終わりかよ……」

ゆっくりとラージャの城壁に迫ってくる軍勢。

剣に操られ、暴徒と化したその姿はさながら亡者の群れのよう。

ゆらりゆらりと上半身を揺らし、炯々《けいけい》とした眼で周囲を見渡す姿は見るものの恐怖を煽《あお》り立てる。

その姿を発見した守備隊は、まさしく終末を迎えたような心持ちだった。

「ざっと二千人はいるぞ。どこから来たんだよ?」

「鎧の紋章からすると、ポイタス家のやつらだな」

「あのドケチ領主、またなにかやらかしたのか!」

「とにかく門を閉めろ、急げ!!」

恐ろしい光景に圧倒されつつも、軍勢を迎え撃つべく慌ただしく動き始めた兵士たち。

ここラージャは、人間界と魔界との境界付近に位置する前線都市。

冒険者の聖地として知られているが、兵士たちのレベルも相応に高かった。

警鐘を打ち鳴らし、突然の事態に多少の混乱をきたしつつも、手際よく門を閉じて防衛用のバリスタを引っ張り出す。

ドラゴンの鱗をも貫く、街の防衛のための最終兵器だ。

さらに武器庫から引っ張り出された矢が、滑車を使って塀の上へと引き上げられる。

だがここで――。

「街の内部でも暴漢が発生した！　人をよこしてくれ！」

守備隊の守る大門の前に、いきなり衛兵たちが駆け込んできた。

外敵の対応で忙しい守備兵たちは、おいおいと呆《あき》れた顔をする。

「中の治安維持はお前らの仕事だろうが。こっちも外敵が来て忙しいんだよ！」

「それが、仲間内からも暴れるやつらが出て収拾がつかないんだ！　頼む、守備隊からも人を回してくれ！」

「はぁ⁉　どうなってんだよ？」

衛兵の中からも暴れる者が現れたという情報に、思わず聞き返してしまう守備兵。

曲がりなりにも治安を維持する側の人間が暴れるなど、いったいどういうことなのだろうか。

すると衛兵たちは、身を小さくしながらも言う。

「最近、ギルドを中心に剣の回収をしてたのは知ってるよな？」

「ああ、魔族が作ったとか言うやつか」

「実は衛兵隊の中にも、その剣を使っていたものがいてな」

「……支給品はどうした、支給品は」

守備兵の問いかけに対して、衛兵たちはバツが悪そうな顔をしながら押し黙ってしまった。

その様子を見た守備兵たちは、衛兵たちが何をやらかしたのかをおおよそ察する。

「まさか支給された剣を売って、例の剣を買い直して誤魔化《ごまか》していたのか？　それで差額を懐に入れたと？」

「……その通りだ」

「なんて、馬鹿《ばか》なことをしたんだ……！」

「五万ゴールド近く儲《もう》かったんだよ。それで、いい小遣い稼ぎになるって吹聴《ふいちょう》した奴がいて。その……」

「何人か乗っかったってわけか」

信じられないとばかりに、頭を抱える守備兵たち。

街の防衛を担う守備隊に対して、街中の治安を担う衛兵隊は残念ながら腐敗が進んでいた。

その職務柄、何かと利権に絡《から》むことが多く毒されやすいのだ。

衛兵たちに対して、付け届けをするような輩《やから》も多い。

しかし、流石にここまでの事態は想定していなかったのだろう。

そこかしこから、守備兵たちのため息が聞こえる。

「……恥さらしなのはわかってる、だが人手が足りないんだ」

「そう言われてもな、あいにくこっちも……」

守備隊長が外の様子を説明しようとした瞬間であった。

閉鎖されていた門が、バタバタと大きな音をたてはじめる。

剣に操られた騎士たちが、とうとう門の前まで到達したようであった。

巨大な門扉が、外側から押されて軋《きし》む。

「これは……!!」

「ちっ、もう来やがったか！」

「バリスタを撃て、数を減らすんだ！」

「待て、相手はポイタス家の騎士だぞ！　後で問題になる、ギリギリまで様子を見ろ！」

「そんな悠長な!!」

ここで、守備隊の中でも意見が割れた。

剣に操られているとはいえ、相手は近隣のいくつかの都市を治める有力諸侯の騎士団。

それを街の守備隊が殺したとなれば、ラージャの立ち位置は非常にまずいものになる。

危機的状況とはいえ、おいそれと手を出すわけにはいかなかった。

だがそうしている間にも、騎士たちは積み重なるようにして門へと殺到していく。

「おいおい……ちょっとたわんできてないか⁉」

「大丈夫だろ、魔獣の突進にも耐えられる門だぜ」

「嘘じゃないって！　内側に向かって、少しずつ……‼」

門扉を指差しながら、一人の守備兵が平静さを失った様子で騒ぎ立てる。

それを周囲の兵士たちが宥《なだ》めるが、ここでパンッと弾《はじ》けるような音がした。

何かが兵士の頭に当たり、カンッと兜《かぶと》を鳴らす。

「いった！　何だこりゃ……？」

当たった何かを兵士が拾い上げると、それは金属製の鋲《びょう》であった。

かなり年季が入っていて、ところどころに錆《さび》が浮いている。

この近くでこんなものを使っているのは、街の大門の門扉しかない。

門の補強のために貼《は》られている鋼板。

それを留めておくための鋲が、圧力に耐えかねて飛んでいるようだ。

「ま、まずい！　門が破られる‼」

「クソ、やむを得ん！　バリスタを撃て！　撃ちまくれ‼」

「おい、そんなことして大丈夫なのか⁉　ポイタス家の騎士なんだろ⁉」

「んなこと言ってる場合か！　奴らを止めないと街が壊滅するぞ‼」

「構わん、やれ‼」

現場が衝突と混乱に呑み込《こ》まれそうになったところで、守備隊長の一喝が響いた。

これによっていくらか平静さを取り戻した守備兵たちは、すぐさま城壁の上に移動してバリスタを発射する準備をする。

たちまち限界まで弦が引き絞られ、キリキリと音が鳴った。

そこへドラゴンをも貫くとされる巨大な矢が番《つが》えられる。

「射角よし！　う……」

「待ってくれ!!」

今まさに号令が掛けられようとしたその瞬間。

どこからともなく、男の声が響いた。

守備兵たちが振り返ると、そこにはギルドマスターであるアベルトが立っていた。

そしてその横には、聖女であるファムの姿もある。

「おお、アベルト殿！　冒険者を連れて来てくれたんですか!?」

「助かった、ギルドのおかげでだいぶ楽になるぞ」

「だが、特に冒険者の姿が見えないような……」

「それにあの方は……聖女様じゃないのか？」

アベルトとファムの姿を見て、ああだこうだと騒ぎだす守備兵たち。

しかしここで、アベルトは衝撃的な一言を放つ。

「門を開けてくれ!!」

あまりの言葉に、その場にいた全員が固まってしまうのだった。


――○●○――


「たぶんこの辺りのはずだけど……」

剣に刻まれた術式が起動して、はや一時間ほど。

俺とシエル姉さん、そしてライザ姉さんの三人は街の外へとやってきていた。

騒ぎを引き起こした元凶を一刻も早く叩《たた》くためである。

「何の変哲もない森ね」

「ええ、見通しもいいですし」

こうして魔力を逆探知してたどり着いた先は、一見してごく普通の森であった。

日頃から低ランク冒険者や街の住民が薬草採取に来るような場所で、かなり整備も行き届いている。

下草もあまり生えておらず、隠れられるような廃墟《はいきょ》などもない。

それこそ、子どもがハイキングに来てもおかしくないような場所だ。

するとここで、ライザ姉さんが何やら自信ありげな顔をして言う。

「ふん、こういう時はだいたい相場が決まっているではないか」

「わかるんですか？」

「当然だ。はあああぁぁっ!!」

剣を引き抜き、気を高めるライザ姉さん。

たちまち周囲の空気が陽炎《かげろう》のように揺らめき、空中に火花が散った。

そして――。

「せやあああっ!!」

裂帛《れっぱく》の一撃。

大地に向かって剣が振り下ろされ、地鳴りと揺れが周囲を襲う。

たちまち巨大な亀裂が生まれ、近くの岩が呑み込まれていった。

うお、凄《すご》い威力だな……！

たまらずバランスを崩したシエル姉さんが、不機嫌そうに言う。

「……ったく、無茶苦茶するわね！」

「そうですよ、急に危ないじゃないですか！」

「すまんすまん！　だがこれで、奴らのアジトへ入れるようになったはずだぞ」

そう言うとライザ姉さんは、自信満々に自らが空けた穴を手で示した。

すぐさまシエル姉さんが腰を曲げて覗《のぞ》き込むが、すぐに怪訝《けげん》な顔をする。

「特に何もないわよ?」

「何もないって、いや、あるはずだが?」

「あるって何が?」

「敵のアジトに決まっている」

何の根拠があるのか知らないが、ライザ姉さんはやけに堂々とした顔で言った。

たちまち、シエル姉さんが呆れた顔で肩をすくめる。

「どうしてわかるのよ?」

「眼に見える範囲になかったら、だいたい地下というのがお決まりだろう」

「そうかもしれないけどねえ……」

シエル姉さんは渋い顔をしつつも、念のため、光魔法で穴の底を照らした。

すると案の定、そこにあるのは土と石だけ。

特に敵のアジトらしき構造物は見当たらない。

そもそもそんなものがあれば、ここに出入りする人たちによってとっくの昔に見つかっていただろう。

この場所は秘境などではなく、街からの出入りも多い森なのだから。

「……ないな」

「でも、地下にないとするとどこなんですかね?」

改めて周囲を見渡すが、変わったものなど何一つとしてない。

本当にただの森で、魔族の集団どころか人が一人隠れることすら苦労しそうだ。

「結界で隠蔽《いんぺい》してるとかかしらね？　でも、特にそれらしい反応はないわ」

「……改めて聞くが、本当にここであっているのか？」

「間違いないわ。逆探知した魔力はここから出てたし、私の探査魔法にも反応があるもの」

「ええ、俺のにも引っ掛かってます」

そう、何もいないように見えるが反応は微《かす》かにあるのだ。

もっとも、敵も慎重に居場所を隠そうとしているのか本当にごくわずかなのだが。

事前に魔力の波を逆探知していなければ、姉さんでも気づかなかったぐらいだろう。

「うーん、その反応をもっと詳しく探れないのか？」

「それが出来れば苦労してないわよ。せめて方向だけでも、もっと正確に絞れればいろいろと楽なんだけど」

「こうなったら、いっそこの辺りを適当に攻撃してみるか」

剣を構え、斬撃を放とうとするライザ姉さん。

おいおい、大事な森をめちゃくちゃにする気か？

「そんなことしたらまずいですって！　この森、薬草採取とかに使われてるんですから」

「む、それもそうか」

「だいたい、当てもなくそんなことしてたら日が暮れるわ。みんな待ってるのよ」

呆れたように告げるシエル姉さん。

ラージャでは皆が襲撃を食い止めるべく懸命に戦っているはずだ。

彼らのためにも、俺たちは一刻も早く元凶を突き止めて倒さねばならない。

適当なことをして時間を浪費するなど、許される状況ではなかった。

とはいえ、手がかりがない以上はしらみつぶしにやるしかないのか……？

そう思っていると、ふとライザ姉さんが呟《つぶや》く。

「ところでさっきから、この森は妙に暗いな？　これも魔族の影響か？」

「え？　森なんてこんなもんじゃないの？」

「それはもっと木々が密に生い茂った森の話だ。これだけ見晴らしのいい森なら、もっと日が差しているはずなんだが……」

そう言うと、空を見上げるライザ姉さん。

彼女に続いて顔を上げると、先ほどまで快晴だったはずの空が黒く曇っていた。

おかしいなと思って振り返れば、ラージャのある方角はすっきりと青空が見える。

どうやらこの森の上だけ、大きな入道雲のようなものに覆《おお》われているらしい。

夏でもないのに、何だかちょっと変な感じだなぁ。

「……そういうことか！　下じゃなくて上よ！」

「なかったわ!!」

「あの雲の中に魔族がいるのよ！　前にも似たようなことあったのに、気配を消してて気づかなかったわ!!」


そう言うとすぐに、シエル姉さんは呪文を唱え始めた。

たちまち彼女の掌《てのひら》に、大きな炎の塊が出現する。

白く燃える炎は、太陽を思わせるほどに熱く肌を焦《こ》がす。

おいおい、いきなり超級魔法か？

驚く俺をよそに、姉さんはさらに呪文を紡《つむ》ぎ魔力の密度を上げていく。

「蒼天《そうてん》に昇りし紅鏡。森羅万象を照らすもの。我が元に集《つど》いて敵を滅せよ!!　グラン・ヴォルガン!!」

あえて詠唱を破棄せず、完全な形で放たれた魔法。

炎が空に昇り、黒雲の中で弾けた。

――ドォンッ!!

雷にも似た激しい炸裂音。

そして次の瞬間、何者かの影がはっきりと影絵のように映し出される。

「ぐっ!!」

急速に霧散する雲。

巨人のように見えた灰色の塊が、見る見るうちに掻《か》き消《き》えていった。

やがてその残骸から、巨大な翼をもつ何かが姿を現す。

「あれは……鳥か？」

「いや、魔族だと思いますよ」

雲の中から姿を現した魔族。

背中に大きな翼を生やしたその姿は、鳥と人間を合わせたかのようであった。

胴体こそ人型だが、その頭は鷲《わし》のようで巨大なくちばしが目立つ。

今まで出会ってきた魔族とは、どことなく異なる異様な姿。

どこか本能的に嫌悪感を抱くそれに、俺たちは緊張を強いられる。

「あの姿、ひょっとして獣人かしら」

「何ですかそれ？」

「魔族の産み出した合成生物よ。人と獣を掛け合わせたやつ」

「なんと趣味の悪い……」

人と獣の合成生物と聞いて、顔をしかめるライザ姉さん。

魔法生物の類とはこれまでにもたびたび戦ってきたが、人が材料と聞かされれば嫌悪感はあるだろう。

シエル姉さんの方も、獣人を見るのは初めてだったのか渋い顔をしている。

俺も、できれば関《かか》わり合いになりたくない手合いだな……。

それを言うなら、魔族全般がそうなのだが。

「我は偉大なる公爵閣下の忠実なる使徒ワグトゥー。お前たちだな、我らの計画を阻もうとしている者たちは」

「その通りだ、貴様らの好きになんてさせない！」

「アンタたちのたくらみ、全部潰《つぶ》させてもらうわ」

「そうか。ならば、この我を倒すがいい。そうすれば剣に掛けられた術は効果を失い、お前たちは勝利を得られよう」

「言われなくとも、叩き斬ってくれる！」

剣を構え、そのまま大地を蹴《け》るライザ姉さん。

宙へと飛び出した彼女は、大気を蹴りながらさらに加速していく。

高等歩法、天駆の為せる業だ。

するとワグトゥーはどこからか黒光りする槍《やり》を取り出し、姉さんに向かって突きを繰り出す。

「天槍乱舞《てんそうらんぶ》!!」

「……速いな！」

その外見からは想像できないほどに磨き上げられた武技。

黒い穂先から次々と衝撃波が繰り出され、驟雨《しゅうう》のように襲い掛かる。

目にもとまらぬとはまさにこのこと。

槍の穂先が一瞬、分裂して数十もあるように見えた。

ライザ姉さんは身を捻《ひね》って回避するが、その洗練された動きに目を見張る。

「危ないっ‼」

「ロシェミュール‼」

そのまま地上へと降《ふ》り注《そそ》ぐ衝撃波。

シエル姉さんは即座に岩の壁を作って、どうにかそれに対抗する
小山のような岩塊がみるみる削られながらも、かろうじて衝撃を阻んだ。

一方、周囲の木々は吹き飛び、さながら戦争でも起きたかのようだ。

「はあああああっ‼」

「天槍一閃《てんそういっせん》‼」

空で激しくぶつかり合うライザ姉さんとワグトゥー。

剣と槍が交錯し、火花が散る。

その動きはあまりにも速く、俺でも目でとらえるのがやっとだ。

シエル姉さんはまともに見ることすらできないようで、困ったように首を振っている。

「……どうなってる？」

「姉さんの方が押してますけど、相手も相当ですね」

「あのライザが勝ちきれないとなると……公爵の使徒ってのも侮れないわね」

「……あっ、また何かするつもりですよ！」

ライザ姉さんからいったん距離を取ったワグトゥーは、あろうことか槍で自らの手を貫いた。

――ボタリ。

たちまち、墨のような黒々とした血が槍の穂先を流れて落ちる。

次の瞬間、得体のしれない瘴気《しょうき》のようなものが槍を覆った。

「我が身に流れる偉大なる血よ、力を貸したまえ……‼」

「魔槍……⁉　すごい魔力！」

「あいつ自身の力も膨れ上がってますよ！」

「これは……血の契約だわ……！」

にわかに存在感を増したワグトゥー。

身体から溢《あふ》れ出した魔力が実体化し、周囲に紫電が迸《ほとばし》る。

こりゃ、もしかするとライザ姉さんでも勝てないかもしれないぞ……‼

寒気がするほどの存在感は、かつて対峙《たいじ》したいずれの魔族にも劣らない。

そう懸念した瞬間、ワグトゥーは稲妻を纏《まと》った槍を繰り出す。

「ウラアアアアッ‼」

「くっ！　重い‼」

「血を解放した我の力は、先ほどまでの数倍ぞ！」

激しい衝突。

ワグトゥーの放った突きを、ライザ姉さんが剣で受け止める。

直後、姉さんは魔族の尋常ならざる膂力《りょりょく》に耐えかねて吹き飛ばされてしまった。

そのまま森に落ちた彼女は、木々を薙《な》ぎ倒しながら地面に叩きつけられる。

嘘だろ、あのライザ姉さんがここまであっさり力負けした……⁉

無敵に近いライザ姉さんが押し負けたことに、俺もシエル姉さんも動揺する。

「ははは！　これが偉大なる者の力だ！」

「……参ったわね。ノア、あんたって天駆は使えた？」

「いえ、まだです」

「どうするのよ。あの速度だと雷魔法でも当てるのも難しいし……」

ライザ姉さんの様子を気遣いつつも、どうすればワグトゥーに勝てるのか頭を抱えるシエル姉さん。

空を自在に飛び回る敵は、彼女が最も苦手とするところであった。

基本的に威力の高い魔法は発動までに時間がかかるため、当てづらいのだ。

加えて、空を飛ぶ敵に狙《ねら》いを付けるのはなかなかに難しい。

「あいつを何とか地面に堕《お》とせればいいんですけど。重力魔法とか使えませんか？」

「効果範囲が絞られるから、けっこう難しいわ」

「それなら、俺が風魔法で……」

掌を前に構えると、風の魔力を集中させた。

竜巻を起こし、奴の翼を奪うのが目的だ。

さあ、当たってくれよ……!!

こうして渾身《こんしん》の魔法を放とうとした瞬間、思わぬところから声を掛けられる。

「待て、ノア!」

「ライザ姉さん?」

「それを使われると、私まで身動きが取れなくなる!」

「でも……」

「安心しろ、あいつは私が叩き落とす」

ゆっくりと起き上がりながら、空を舞うワグトゥーを睨《にら》みつけるライザ姉さん。

その表情にはどこか余裕があり、先ほどまで倒れていたとは思えない自信があった。

いったい、何を根拠にそのようなことを言っているのだろう?

俺たちが疑問に思っていると、似たようなことをワグトゥーも思ったのだろう。

やつは腹を抱えて笑い始める。

「何を言うかと思えば。おかしくなったようだな」

「そちらこそ。その力、所詮は借り物なのだろう？」

「……なに？」

「力任せで、先ほどまでよりも弱くなっているのが何よりの証拠だ」

そう言うと、改めて剣を構えるライザ姉さん。

彼女はニヤッと笑みを浮かべると、どこか楽しげに言う。

「三分で片づけてやる。まがい物め」

「生意気な……！」

ライザ姉さんの言葉が、よほど気に障ったのだろう。

ワグトゥーの顔が憤怒に歪《ゆが》み、魔力がみるみる膨れ上がった。

それに比例するかのように、その肉体もまた異常な膨張を見せる。

その様はまるで、筋肉が内側から爆発《ばくはつ》するかのようだ。

もともと大柄だった体格が、さらに一回り以上も膨れ上がる。

「ちょっとライザ、あれはまずいんじゃないの……？」

異様な圧を発し始めたワグトゥーに、シエル姉さんがたちまち青ざめた顔をした。

彼女はそのまま非難めいた眼差《まなざ》しでライザ姉さんを見る。

しかし、ライザ姉さんの方はまったく余裕を崩さない。

「問題ない、ただの見掛け倒しだ」

「見掛け倒しって、あんたにはわからないだろうけどとんでもない魔力よ?」

「ええ、寒気がするぐらい……」

「安心しろ。どれほど魔力があろうが、やつは私には勝てん」

きっぱりとそう言い切ると、ライザ姉さんは再び宙へと飛び出した。

——ドンッ!!

空気を蹴って突き進む様は、さながら白い閃光のよう。

それをすぐさまワグトゥー側も翼を広げて迎え撃つ。

「はあああああっ!!」

「ぬおおおおおっ!!」

交錯する白と黒。

気迫と気迫がぶつかり合い、衝撃が迸る。

俺とシエル姉さんは顔を手で庇《かば》った。

そして次の瞬間——。

「ふっ!」

「なにっ!?」

ライザ姉さんがワグトゥーの槍を受け流し、後ろに抜けた。

ワグトゥーもすぐさま振り返って応戦しようとするが、反応が追い付かない。

一閃。
姉さんの剣が容赦なくワグトゥーの翼を切り裂く。
「ぐあああああっ!!」
響き渡る絶叫。
黒い羽根が舞い、バランスを崩したワグトゥーは錐揉《きりも》みしながら落ちていった。
すかさずライザ姉さんがこちらに向かって眼を向ける。
その言わんとしたことを察した俺は、聖剣を抜いて駆けだした。
シエル姉さんもまた、すぐさま俺に向かって補助魔法を発動する。
「グランフォルス!!」
暖かな魔力が身体を包み、力が湧き上がる。
最上位の身体強化魔法であった。
身体にかかる負担は大きいが、その分だけ効果も大きい。
重力が無くなったような感覚に驚きつつも、俺は一気にワグトゥーの懐へと潜り込む。
「いっけええ!!」
神々しい光を放つ聖なる刃。
その光に導かれるように、俺はワグトゥーの胸を貫いた。
魔を滅する剣が、その本懐を果たそうとさらなる強い光を放つ。

俺はそのまま剣を捻るようにして、ワグトゥーの身体へと捻じ込もうとした。

しかし、敵もさる者。

残された片翼で俺を打つと、どうにか距離を取って致命傷を回避する。

「馬鹿な、なぜ……！」

胸を押さえながら、憔悴《しょうすい》した様子を見せるワグトゥー。

すると地上に降りてきたライザ姉さんが、その顔を睨みつけながら言う。

「だからまがい物といったのだ。その力、人から借りたものの上に普段は使っていないのだろう？　先ほどまであった身体のキレがまったくない」

そうか……無理やり引き上げた身体能力に思考が追い付いていなかったのか。

ライザ姉さんの言葉を聞いて、俺の中でワグトゥーへの違和感が消失した。

圧倒的な力を得たはずなのに、その動きは先ほどまでよりも鈍いように見えたのだ。

「おのれ……舐《な》めるなよ!!　偉大なる血よ、我にさらなる力を!!」

救いを求めるように、掌を天にかざすワグトゥー。

すると次の瞬間、その身体にどこからともなく雷が落ちた。

再び筋肉が動き始め、肉体がさらなる膨張を始める。

嘘だろ、まだ上があるのか……!?

「そんな……！」

「ありえない……！」

動揺する俺たちをよそに、変化は続く。

ごつごつと隆起した筋肉は、もはや人間の身体というよりも岩塊か何かのようだ。

さらに鷲のようだった頭部も変形をはじめ、角のようなものが生えてくる。

「ウグオオォ……!!　ケシテヤル……!!」

やがて変化を終えたワグトゥー。

その姿から人間性は失われ、まさしく人型の獣というのが相応《ふさわ》しい。

やつは再び黒い槍を手にすると、全身から悍《おぞ》ましいほどの魔力を発して穂先へと集中させていく。

魔力が高まり、収束し、凝固する。

たちまち、底なしの闇《やみ》を孕《はら》んだ黒い塊が出来上がった。

大きさは人の頭ほどでしかないが、そこに込められた魔力は半端《はんぱ》ではない。

あんなものが炸裂すれば、周囲一帯が吹き飛ぶぞ……!!

俺とシエル姉さんがそう思い、冷や汗を流すのも束《つか》の間。

ライザ姉さんはフンッと呆れたように鼻を鳴らす。

「愚か者め、わからんのか」

「シネエエ!!」

「理性すら失いおって!!」

刹那、ライザ姉さんの身体が沈んだ。

放たれる神速の斬撃。

刃が黒い塊を切り裂き、そのまま空中へと弾き飛ばした。

閃光、爆音、衝撃。

世界が揺れる中で、ライザ姉さんは淡々とワグトゥーの腕を斬る。

「ヌオオオオォ!? ナゼ、ナゼヤブレル!!」

「言っただろう? いまの貴様は力に溺れ、隙だらけなのだ」

「クソ、クソオォ!!」

どこまでも冷静に、諭すように告げるライザ姉さん。

一方のワグトゥーは敗北を認められず、そのまま狂ったように暴れる。

その様はもはや、赤ん坊が癇癪《かんしゃく》を起こしているかのようだった。

姉さんはもう見ていられないとばかりに背を向けると、俺にバトンタッチする。

「……ノア、さっさと止めを刺してやれ」

「ええ」

「……オノレ、ダガモウオソイ!!」

ここで、暴れるのを止めたワグトゥーが不意に俺を見て叫んだ。

いったい何のことだろうか？

俺はすぐさま尋ねようとするが、聞くまでもなくワグトゥーは饒舌《じょうぜつ》に語り出す。

「イマゴロ、ラージャハカイメツシテイル！　オレノマホウデ！」

「ラージャが壊滅……？」

「ああ、そのことならたぶん大丈夫ですよ」

「ナニ？」

「そろそろ連絡があるはずです。あっ！」

ちょうど俺が説明をしようとした時だった。

遥《はる》か彼方《かなた》に見えるラージャの街。

そこから高々と、作戦完了を示す信号弾が打ち上げられたのだった。


――○●○――


「門を開けろだって⁉　何を無茶苦茶なことを……！」

時は遡り、ノアたちがワグトゥーと戦いを始めた頃。

城門の前では守備兵とアベルトによる激しい言い争いが繰り広げられていた。

かたや、門を固く閉ざして街を守ろうとする守備兵たち。

かたや、門を開放しようと訴えるアベルト。

立場の違いもあり、互いに一歩たりとも譲ろうとはしない。

「門を開いてくれ。外にいる連中を誘導したい」

「ダメだ、危険すぎる！」

「我々の方で、彼らを魔剣から解放する準備をしているのです。彼らを助けるために、協力してはいただけませんか？」

そう言うと、守備隊に向かって進み出るファム。

その威風堂々とした姿は迫力があり、守備隊の面々はわずかに気圧《けお》される。

しかし、彼らとて街を背負っている者としての自負があった。

「いかに聖女殿とて、これは越権行為です。街の防衛は我々にお任せいただきたい」

「魔族のことならば、我々の方が専門です」

「それはそうかもしれませんが……」

「このまま門を閉じ続けて、状況を打開できる策はあるのか？」

ここでさらにアベルトが加わり、守備隊の面々の顔が険しくなる。

「ううむ。そこについては……」

「まさか、ポイタス家の騎士を全滅させるわけにもいかないだろう？」

うまく言葉を返すことのできない守備隊長。

いかに剣に操られているとはいえ、有力諸侯の騎士団である。

それを街の守備隊が独自の判断で全滅させるなど、間違いなく大問題だ。

かといって、街の有力者を集めて意思決定をするような時間もない。

「……住民の安全は？」

「いま、街中の冒険者に手を回している。避難場所も確保した」

「いったいどこに逃がすつもりだ？　この街にそのような大規模な避難場所はなかったと思ったが」

「地下水路だ。スライムはいるが、今ではほぼ安全な場所だ」

「………わかった。作戦の概要を聞かせてくれ」

とうとう、守備隊長が折れた。

アベルトとファムは軽く顔を見合わせると、すぐさまラージャの街の地図を取り出す。

「この大門からしばらく進むと水路通りがある。そこで操られている連中を水路に叩き落として、聖女殿が一気に浄化魔法を掛けるっていう算段だ」

「なるほど、水路を堀の代わりとして使おうってわけか。だがそれなら、この門で足止めして魔法を掛けるのでもいいんじゃないか？」

「事前に、水路を聖水で満たしておくのです。それで私の魔法の威力を大きく底上げします」

「そういうことか」

ファムにそう言われ、守備隊長はふんふんと頷いた。

おおよそどういった作戦なのかを理解したらしい。

しかし、彼はすぐに困ったような顔で言う。

「理屈は分かった。だが、あの悪所の住民がそう簡単に動くか？」

「それについては、うちの冒険者に顔が広いやつが何人かいてな。どうにかなりそうだ」

「ううむ……。ぬおっ⁉」

——バコンッ‼

ここでいきなり、守備隊長のすぐ目の前に何かが落ちた。

石だ、それも子どもの頭ほどもある。

驚いた守備隊長が城壁の方へと眼を向けると、石がさながら雹《ひょう》のように降ってくる。

「おいおいおい‼」

「急いで屋根のある所へ‼」

当たれば死にかねない投石攻撃。

その場にいた全員が、慌てて近くの建物の付近へと避難した。

さらにドスンドスンッと門扉が軋む。

次第に攻撃が激しさを増しているようで、扉が破れるのも時間の問題に見えた。

「まずいな……。早く開きたいところだが、これでは近づけないぞ」

「門が無くなると、街が無防備になってしまいますわね」

門の開放を望んでいるアベルトとファムだが、門の破壊は望んでいなかった。

前線の街であるラージャにとって、門は防衛の要として必要ではあるのだ。

魔族の襲来が続くかもしれないことを考えると、どうせ開くのだから破壊されてもいいなどということはない。

「聖女殿は、防御魔法などは？」

「いえ、物理的なものは……」

ふるふると首を横に振るファム。

彼女の扱う神聖魔法にも、結界を展開するものはいくつかある。

しかしそれらは悪しき者を退けるためのもので、物理的な攻撃にはほぼ無力だった。

「このままだと……」

身動きが取れなくなってしまい、歯ぎしりをする守備隊長。

するとここで、通りの奥から声が聞こえてくる。

「どりゃあああ!!」

「あれは、ノアと一緒にいた……！」

走ってきたのは、大盾を背負ったロウガであった。

彼は投石を盾で弾きながら走り続け、そのまま門扉のすぐ傍《そば》までたどり着く。

「おりゃああ!」

たちまち、かんぬきを力いっぱい抜くロウガ。

開放、押し寄せる軍勢。

扉が勢いよく開き、操られた騎士たちが次々と街に足を踏み入れる。

剣を手に、だらりと背中を曲げた姿は亡者の集団のよう。

異様な気配に皆が圧倒されるが、ここで通りの奥から堂々とした声が響く。

「さあ、こちらですわ! 美味《おい》しい餌がありますわよ!」

通りの中央に、赤いドレスを着たアエリアが現れた。

扇を優雅に仰《あお》ぐその姿は、混乱する街中にあって異常なほど目立っていた。

彼女の持つ生来の美貌と、急ごしらえながらもエクレシアが手を加えたドレスのおかげである。

たちまち騎士たちはアエリアに釘付けとなり、そちらを目指してゆらゆらと動き出す。

「捕まえてごらんなさい。おほほほほ!」

優雅に走り出すアエリア。

その後を追いかけていく騎士たち。

その姿はさながら姫と護衛といったところか。

体力で勝る騎士たちだが、鎧を着ている分だけ身体が重く、なかなか追いつけない。

こうしてしばし追いかけっこが続いたところで、両者は水路通りまでたどり着く。

そして――。

「いまですわ!!」

水路にかかった小さな橋。

それをアエリアが渡り終えたところで、いきなり橋桁《はしげた》が爆発した。

たちまち橋は崩れ落ち、騎士たちは水路へと落ちていく。

その後に続いていた者たちも急には止まることができず、押し出されるようにして水に飛び込んでいった。

「ウオオオ⁉」

「アツイ、アツイ!!」

「……もっと……追加ですわ!!」

日頃の運動不足が祟《たた》ったのであろう。

役目を果たし終えたアエリアは思い切り息を乱しながらも、近くに控えていた商会員たちに指示を飛ばした。

すぐさま、ありったけの聖水やポーションが水路へと注がれていく。

――ダバアアアッ!!

瓶《びん》一本で数千ゴールドはする聖水やポーションが、樽《たる》単位で注ぎ込まれていった。

フィオーレ商会の財力と聖十字教団の協力あっての力技だ。

水路に溜《た》まっていた水が次第に光り始め、そこに浸かっていた騎士たちがもがき始めた。

さらに、アエリアの後を追いかけていたファムが現場へとたどり着く。

「ルソレイユ!!!!」

たちまち、最大出力で放たれた神聖魔法。

太陽にも似た白い光が、たちまち騎士たちの体を覆いつくした——。

第八話

赤い月

「バカナ……！　マダ、魔剣ハ千本ハアッタハズ！」

信号弾が打ち上げられた直後。

ワグトゥーは焦《あせ》ったように目を見開いた。

魔剣の大半が浄化されてしまったことに、彼の方でも気づいたらしい。

そりゃ、あれだけあった魔剣がすべて無効となれば驚きもするだろう。

「どうやら、ファムたちがうまくやったみたいね」

「流石《さすが》は教団の聖女だな」

満足げに頷《うなず》くライザ姉さんたち。

いよいよ後がなくなったワグトゥーはわずかに後ずさる。

その眼からはすっかり余裕がなくなり、怯《おび》えと恐怖が見て取れた。

――もう終わりだな。

そんなことを思いつつ、俺《おれ》はワグトゥーとの距離を少しずつ詰める。

「クルナ、クルナ!!」

「お前はもう終わりだ」

「クソォ!!」

ここでいきなり、ワグトゥーは俺に背を向けて走り出した。

まさかまさかの敵前逃亡である。

もがくようにして森を駆け抜けていくその背中は哀愁すら感じさせた。

俺たちを見下し、力を誇示していたのが嘘《うそ》のようである。

だが次の瞬間――。

「ウオアアアアッ!!」

突如として、ワグトゥーの身体が爆発《ばくはつ》した。

血飛沫《ちしぶき》が上がり、肉が飛び散る。

あまりに突然の出来事に、俺たちはただただ言葉を失ってしまった。

ひょっとして、この前のエルハムのように体内に何か組み込まれていたのだろうか？

そう思った瞬間、寒々しいほどの恐ろしい魔力が周囲を支配する。

「ぐっ⁉」

「この気配は、なんだ⁉」

「サンクテェール！」

暴力的な魔力に晒《さら》され、シエル姉さんの顔色が悪くなった。

ライザ姉さんもまた、渋い顔をして脇腹《わきばら》を庇《かば》う。

俺はとっさにサンクテェールを発動し、悪しき魔力の影響を少しでも抑えようとする。

これほどの魔力、感じることすら初めてだ。

竜の王であるグアンさんが誕生した時すら上回るかもしれない。

これは、まさか……‼

緊迫した空気が場に満ちると同時に、いつの間にか夕暮れとなっていた空に黒い点が現れる。

「まさか、転移魔法⁉」

やがて黒い点を起点として、空にヒビが入った。

それはさながら、ガラスが砕けるかのよう。

燃えるような夕焼けを、黒い筋が引き裂いていく。

そして虚空にできあがった亀裂から、人型の何かが這《は》い出してくる。

それは翼もないのに宙に浮き、遥《はる》か高みからこちらを睥睨《へいげい》していた。

「……何者だ？」

剣を構えながら問いかけるライザ姉さん。

するとたちまち、それの顔にうっすらと笑みが浮かぶ。

「先に自分から名乗れ。それが貴人に対する礼儀だろう」

「……魔族を貴人などとは思いたくないが、いいだろう。私はライザ、剣聖ライザだ」

「私はメガニカ・イル・パンデニム。魔界の公爵をしている」

魔界の公爵だと……!!

つまりこいつが、魔界と人間界の戦争を起こそうとしている王弟か!

道理で途方もない魔力を放っているわけだ。

まさかこんな大物が前線に出張ってくるなんて。

可能性としては考えていたが、実際に起きるとは思わなかった。

そのあまりの存在感に圧倒されそうになるが、ここでライザ姉さんが言う。

「ふん、手間が省けた。ここで貴様を倒せば、魔族どもの暗躍も終わるというわけだな!」

「そうね!　覚悟しなさい!!」

「ワグトゥーを倒した程度で、あまり図に乗るな」

「そんなこと言って、あんたあいつと血の契約をしてたんでしょう?　だったら、相応の力を与えていたはずよ」

余裕綽綽《よゆうしゃくしゃく》のメガニカに、すかさず切り込むシエル姉さん。

血の契約というのは、血を媒介にして力を分け与える契約のこと。

通常の加護と比べて結びつきが深く、強い力が得られるのが特徴だったはずだ。

なるほど、それでさっきワグトゥーは槍《やり》に血を捧げていたというわけか。

するとメガニカは、笑いながら言う。

「戯《たわむ》れにほんの一滴、与えただけのこと。それで私の力を推し量れたつもりになっているのなら、これほど滑稽なことはない」

「どうだか！　私たちにさんざんやられて、余裕ぶってるだけじゃないの？」

「ならば見せてやろう。絶望というものを」

メガニカがそう言った、ちょうどその時であった。

ゆっくりと日が沈み始め、それに代わるように月が昇り始める。

驚いたことに、その色は……。

「赤い……⁉」

血に濡《ぬ》れたような深い深い赤。

たちまち世界は赤黒く染め上げられ、一変する。

その変貌ぶりは、一瞬、魔界へと迷い込んだのかと錯覚するほどだった。

これが赤い月のもたらす魔力なのか……⁉

いや、でもいったいどうして今赤い月が……！

「シエル！　赤い月は明日ではなかったのか！」

「そのはずよ！　何度も確認したから間違いない！」

「だったらあれはなんだ！」

「わからない！　でも予想は正しいはずなの！」

混乱した様子で叫ぶシエル姉さん。

赤い月の夜がいつ来るかについては、俺も姉さんからデータを貰《もら》って何回か検証している。

間違いなく、明日の夜だったはずだ。

大事な計算だから、そこは絶対と言い切れる。

それがどうして今日になったんだ……⁉

混乱する俺たちをよそに、メガニカは高らかに宣言する。

「これが王の力！　天地の理すら捻《ね》じ曲げる‼」

「魔力に物を言わせて、無理やり周期を早めたのね……！」

「そんなことできるんですか？」

「赤い月は大気中の魔力の濃度が原因で発生する事象だから、原理的にできなくはないわ。けど、それを可能にするだけの魔力って……」

険しい顔で、何やら言いよどむシエル姉さん。

そうして一拍の間を空けると、彼女は意を決するように言う。

「はっきりいって、私たちの勝てる相手じゃないわね」

「……何か手はないんですか？」

呆然《ぼうぜん》としながらも、俺はすぐさまシエル姉さんに問いかけた。

すると彼女は、顔を引き攣《つ》らせたままゆっくりと首を横に振る。

その動きはさながら、壊れかけの人形のようにぎこちなかった。

大きく見開かれた眼からは、恐怖がはっきりとうかがえる。

これほどまでに弱気なシエル姉さんを見るのは、いったいいつぶりだろうか。

普段は強気な彼女が、ここまではっきり勝てないと言うとは……。

「我が力をじっくりとその目に焼き付けるがいい」

手を広げ、ゆっくりと空に向かって伸ばすメガニカ。

それに呼応するかのように、大地が震える。

森の地面が不気味に隆起し、土くれが人型をなした。

さながら、地の底から亡者が這《は》い出してきたかのようである。

「死者の蘇生《そせい》……!?」

「まさか、いくらなんでも」

「違うわ、魔力の支配が無機物にまで及んでるのよ……!」

非常識な光景に、息を呑《の》む俺たち。

魔力を用いて生物を操《あやつ》る術は、高等魔族が好んで用いる術の一つである。

しかし、その支配が無機物にまで及ぶとなれば話は別だ。

――私たちの勝てる相手じゃないわ。

シエル姉さんの言葉が、重く心にのしかかってくる。

「やれ」

不気味な土の人型が、次々と俺たちに襲い掛かってきた。

すぐさま応戦するものの、身体を真っ二つにしても即座に再生してしまう。

こいつら、並のゴーレム以上にタフだな！

しかも、ゴーレムと違って核が存在しないため倒しようがない。

押し寄せてくる敵の軍勢に、俺たちはあっという間に押されてしまう。

「めちゃくちゃな数だ……！」

「このままでは潰《つぶ》されるぞ！」

「こうなったら……！」

何かを決意したような顔をするシエル姉さん。

彼女は俺たちから少し距離を取ると、大急ぎで魔法陣を描き始める。

「姉さん、何を？」

「いいから、こっち来て！」

やがて掌《てのひら》を高く掲げて、魔力を高め始めるシエル姉さん。

たちまち掌の上に人の頭ほどの黒い塊が出現する。

あれはもしや……‼

俺はすぐさま、シエル姉さんが発動しようとしている魔法に見当がついた。

確かに、この状況を切り開くならあれしかない！

「ライザ姉さんも、早く‼」

「あ、ああ！」

土人形と応戦を続けていたライザ姉さんの手を、無理やり引っ張る。

そしてそのまま、シエル姉さんの方へと飛び込んだ。

――バリンッ‼

ガラスが砕けるような音と共に、たちまち空間が砕ける。

そして次の瞬間、俺たちは――。

「ノア⁉」

「いきなり出てきた」

ふわりとした浮遊感。

その後、目の前に現れたのはファム姉さんとその結界に守られた人々の姿だった。

第九話
ラージャ決戦

「街？」

周囲を見渡し、茫然《ぼうぜん》と呟《つぶや》くライザ姉さん。

俺《おれ》もまた、景色の変貌ぶりに驚きを隠せない。

ここは……ラージャの市街地なのか？

振り返れば、大きな水路の傍《そば》で暴《あば》れる騎士と戦うクルタさんたちの姿もあった。

「ぶっつけ本番、ぎりっぎりだったけど何とかなったわね」

「いまのってもしかして……いや、もしかしなくても転移魔法ですよね？」

「ええ、あいつが使ってるのを見たおかげよ。流石《さすが》の私も、この距離が限界だったけど」

ポンポンと、コリをほぐすように自身の肩を叩きながら言うシエル姉さん。

流石は賢者、一度見ただけで魔法の構造をおおよそ理解したらしい。

それまでの研究があったとはいえ、まったく恐ろしい人だ。

転移魔法なんて、これまでほとんどおとぎ話みたいな扱いだったのに。

「これで一安心……とはいかないようだな」

「ファム姉さん、いまみんなが戦ってるのって魔剣に操《あやつ》られた人ですか?」

「ええ。いったんは浄化できたはずだったのですが、夜になったらまた暴れ出《だ》して」

「赤い月のせいね。ファムの浄化すら無効化するなんて……」

「いったい何が起きているんですの? 私たちにも事情を説明してくださいまし」

ここでアエリア姉さんが会話に割って入ってきた。

その後ろでは、クルタさんたちが戦いながら耳を澄ませている。

俺たちは彼女たちの援護に回りながら、おおよその事情を説明する。

森で待ち受けていたワグトゥー、それを倒した後に出現したメガニカの脅威。

話を進めるにつれて、アエリア姉さんたちの顔が恐怖に染まっていく。

「そんなことが……」

「まずいですね。その魔族、このままだとすぐにここまでやってきますよ」

「ど、どうしますのよ⁉ あなたたちでも勝てないのでしょう?」

「……いえ、俺たちが力を合わせればあるいは」

俺がそう言ったときであった。

街の北側から猛烈な速度で巨大な気配が接近してくる。

この速さと大きさは、間違いなくメガニカだ。

「うっそ、もう来るの⁉」

「場所がバレたのか？」

「わかんない！　想定外よ！」

俺たちが動揺しているうちに、メガニカは街の上空へとやってきてしまった。

どうやら魔族には、転移先を特定する何かしらの術があるらしい。

奴《やつ》は群衆の中から俺たちの姿を見つけると、フンッと鼻を鳴らす。

「まさか人間が転移魔法を使うとはな。だが所詮はこの程度が限界か」

「……まずいわね。もう迎え撃つ魔力もないわ」

転移魔法で力を使い果たしたのだろう。

メガニカを見上げながら、シエル姉さんはいよいよ厳しい顔をした。

しかし一方の俺は、先ほどまでよりいくらか余裕をもって言う。

「ここへ来たのは無駄じゃない。この街で、ラージャでおまえを倒す！」

「人間の小僧に何ができる。失せよ」

たちまち降《ふ》り注《そそ》ぐ巨大な火球。

それはさながら、太陽が落ちてきたかのよう。

だが俺は街の建物を足場にして飛び上がると、聖剣でそれを叩き切る。

「だあああああっ!!!!」

巨大な炎の塊が、瞬く間に散っていく。

俺はどうにか街に被害が無かったのを見届けると、すぐに俺とメガニカの姿を見上げるすべての人々に告げる。

「俺に力を貸してください‼　こいつを倒すには、街のみんなの力が必要です！」

「……もしかして、ジンと戦った時と同じことをする気か？」

俺の言葉を聞いて、ライザ姉さんがすぐさま尋ねてきた。

嵐《あらし》を操る古代魔族ジン。

それと戦った際、俺は宝剣アロンダイトにその場にいた全員の生命力を載せて斬撃を放った。

姉さんは俺があれを再現しようとしているのだと思ったのだろう。

「いや、メガニカにはあのやり方そのままだと通用しない」

「ならばどうする？」

「赤い月をどうにかしないと。シエル姉さん、みんなの魔力を集めましょう！　あいつが赤い月を出したなら、俺たちは逆をすればいい！」

「術式は？」

「転移が出来た姉さんなら、できますよね？」

俺にそう呼びかけられ、シエル姉さんは呆《あき》れたような顔をした。

しかし、すぐに挑戦的な笑みを浮かべる。

未知の術式への好奇心と一流の術者のプライドが、一時的に恐怖を打ち消したのだ。

「いいわ！　けど私の残った魔力じゃ全然足りないし、この街の住民の魔力を全部合わせても足りるかどうかよ！」

「みんなのを足しても無理なんですか？」

「ええ、変換効率的にだいぶ……」

「それなら、他の街の人の力も借りればいいのですわ！」

ここで、アエリア姉さんが話に割って入ってきた。

彼女はファム姉さんの隣に立つと、俺たちに聞こえるように声を大きくして言う。

「うちの商会で開発した大型の水晶球がありますわ。それで他の街にも状況を伝えましょう」

「おお、そんなものが……！」

「けど、水晶球を介して魔力を集めるなんてできないわよ？」

「……祈りならば、どれだけ離れていても届きます。それを魔力に変換すれば、あるいは」

「そうか、ファムならそれが出来たわね！」

ポンッと手を叩《たた》くシエル姉さん。

聖十字教団には、人々から集められた祈りを魔力へと変換する秘術が伝わっている。

聖女が非常時に用いる奥義の一つだ。

聖軍と並んで教団の最終兵器として広く一般にも知られている。

そうか、あれを使えば水晶球を使って集めた各地の祈りをそのまま魔力にできる。

そうすれば、膨大な量の魔力を掻《か》き集《あつ》めることも不可能ではないだろう。

「すぐに装置の手配をしますわ」

「では、私が呼びかけましょう。それで祈りは集まるはずです」

「私もサポートする。衣装の改造は任せて」

動き出すファム姉さんたち。

あとは、作戦が完了するまでメガニカを相手に時間稼ぎをする必要があるな。

さて、いったいどう粘ったものか……。

真正面からぶつかれば、一瞬で蹴散《けち》らされてしまうだろう。

どうすればうまく頑張れるか……。

そう考え始めたところで、メガニカが笑いながら告げる。

「話は終わったか？」

「ああ、お前を倒す算段が付いたよ」

「そうか、ならば死ぬがよい」

げ、いきなりそれかよ！

悠長にこちらの準備を待つつもりはないらしい。

メガニカは黒木の杖《つえ》を取り出すと、赤い月に向かって掲げた。

たちまち怪しげなオーラが立ち上り、巨大な魔力の塊が形成されていく。

おいおい、あんなの落ちたらラージャの街は壊滅するぞ……!!

あまりの魔力の密度に、大気が震えて稲妻が迸《ほとばし》る。

そして――。

「滅びよ！」

「落ちてきた……!!」

「お、終わりだ!!　もう駄目だ!!」

「馬鹿《ばか》、武器を放り出すな!!」

「ひぃぃぃぃ!!」

「落ち着いて!!」

ゆっくりゆっくりと空から落ちてくる巨大な光の塊。

おぼろに赤く光るそれは、さながら隕石《いんせき》か何かのよう。

周囲に風が唸《うな》るような轟音《ごうおん》が響く。

終末を予感させるその気配に、たちまち人々がパニックになり始めた。

クルタさんなど一部のベテラン冒険者たちが落ち着くように促すものの、収まる気配はない。

だがここで――。

「……技を盗むのが、シエルの専売特許ではないところを見せてやろう」

「姉さん、何を？」

「たぁっ!!」

剣を抜き放ち、そのまま空高く跳び上がっていくライザ姉さん。

無理だ、いくら姉さんの魔裂斬でもあれは斬れない!!

もし可能だったとしても、割れた塊が街に降ってくるぞ!!

俺の懸念をよそに、姉さんはさらに加速していった。

——ドォンッ!!

空気を蹴る音が響き、とうとう姉さんの身体が塊の正面に達する。

そこでライザ姉さんは、上に向かって構えていた剣を下げた。

「まさか、あの構えは!!」

「奥義・鏡返し!!」

かつて俺たちの前に立ちはだかった強敵ゴダート。

彼が得意として使っていた技を、いつの間にかライザ姉さんも物にしていたらしい。

だが流石に、完全習得とはいかなかったのだろう。

巨大な塊を一瞬受け止める格好となったライザ姉さんは、痛みを堪《こら》えるように叫ぶ。

「はあああああっ!!!!」

魔力の塊が反転し、メガニカの方へと向かって跳ね返された。

まさか、人間がこれだけの威力のある攻撃を返せるとは思っていなかったのだろう。

メガニカはとっさに避けようとするが間に合わず、腕を交差させて堪える体勢を取る。

一方、ライザ姉さんの方は強烈な反動を受けて飛ばされてしまった。

家の屋根へと突っ込んだ彼女は、そのまま建物を突き抜けて通りに叩きつけられる。

「ぐおおおおっ!!」

やがてメガニカの身体が、自ら放った魔力の塊に飲まれた。

街を滅ぼすつもりで放った一撃を受けては、流石のやつも多少は堪えたのだろう。

苦しげなうめき声が聞こえてくる。

俺はその間に倒れたライザ姉さんの元へと向かい、身体を抱きかかえる。

「大丈夫ですか!?」

「……何とか。だがやはり難しいな、手を動かすことすらできん」

「無理に話さないでください！」

そう言って話すのを止めさせると、すぐに治療魔法を使う。

幸い命に別状はなさそうだが、こりゃ後でファム姉さんにも見てもらわないとヤバいな……。

全身の骨が折れていて、とても戦えるような状態ではなくなってしまっている。

あとは俺たちで何とかするしかないな。

するとここで――。

『皆さん、聞いてください！　私は聖十字教団、第三十四代聖女ファム。いま水晶球を通じて、各地に声を届けています』

大きく響き渡ったファム姉さんの声。

皆がそれに驚いていると、やがて赤い夜空にぼんやりと人型の光が現れた。

次第にその輪郭はハッキリとしてきて、ファム姉さんの姿へと変化していく。

エクレシア姉さんが手を加えたのだろうか。

服装こそ普段と少し違っていたが、あれは間違いなくファム姉さんそのものだ。

これは……いったい……？

人の姿を映し出す魔道具なんて、聞いたことが無い。

戸惑っている俺に、シエル姉さんが言う。

「へえ……まさかもうできてたなんて」

「知ってるんですか？」

「ええ。水晶球から空中に映像を映し出す技術よ。最近開発を始めたばっかりだって言ってたけど、もう完成してたみたいね」

シエル姉さんが説明している間にも、ファム姉さんの話が進む。

やがて彼女の虚像は、空に浮かぶ赤い月を見上げた。

『あれこそが、魔族の力を高める忌まわしき赤い月。この力を削《そ》ぐために、皆の祈りが必要なのです！』

勇ましく声を発するファム姉さん。

たちまち、俺たちの周囲でも彼女に同調して大きな声が上がった。

聖女であるファム姉さんの人望とエクレシア姉さんの用意した衣装の為《な》せる業だろう。

だがここで、攻撃を跳ね返されて遥《はる》か彼方《かなた》まで飛ばされていたメガニカが戻ってくる。

「……やりおったな」

服は破れ、髪は乱れ、頬《ほお》は割れ。

さらに全身のあちこちから出血し、白い肌が血で染まっていた。

まさにボロボロといった惨状だが、致命的なダメージは負っていないらしい。

その眼光は先ほどまでよりも数段鋭く、ただならぬ殺気を発している。

「生意気な。消し去ってくれる」

たちまち掌《てのひら》に魔力の塊を作り、ファム姉さんの虚像へと打ち込むメガニカ。

しかし、元より実体のない像はわずかに揺らぐだけですぐ元に戻ってしまう。

「小癪《こしゃく》な！」

続けて魔力を放つメガニカ。

しかし、相変わらず実体のない像にはまったく通用しない。

やがて攻撃の無意味さを察した彼は、改めて俺たちを見下ろす。

「さっきはやってくれたな。だが、もう攻撃を防ぐことはできまい」

「はん！　うまく像を消せないからって、無かったことにするのダサいわねー」

ここで、シエル姉さんが盛大にメガニカを煽《あお》った。

……おいおい、ずいぶんと言うなぁ。

その強気な物言いに、俺はちょっと心配になる。

案の定、メガニカの眉《まゆ》がつり上がって表情が露骨に歪《ゆが》む。

位の高い魔族であるがゆえに、こういった挑発には弱いのかもしれない。

「舐《な》めおって！　我が最大の攻撃で葬り去ってやる！」

「どうせさっきよりしょぼいんでしょう？」

「目に物を見せてやろう！」

そう言うと、掌を掲げて再び魔力を蓄積し始めるメガニカ。

まずいな、最悪の結果になったんじゃないか……⁉

俺はたまらずシエル姉さんに非難の眼を向けた。

すると彼女は、まあ見てなさいとばかりに腕組みをしながらメガニカを見上げる。

「ははは……！　見よ、この魔力の高まりを」

「まださっきの方が凄かったんじゃない？」

「まだまだ！」

シエル姉さんの挑発に乗り、メガニカはさらに魔力を高めていく。

ライザ姉さんも動けなくなった今、こんなのどうしようもないぞ……‼

不気味に蠢《うごめ》く魔力の塊は、天体を思わせるほどの大きさ。

引力のようなものまで発生し、小石が塊に向かって浮かび上がっていく。

「もう十分だろう。はははは……ん？」

流れ星にも似た青白い光が、急にラージャの街へ向かって飛んできた。

予期せぬ出来事に、正体を図りかねたのだろう。

メガニカが動きを止めると、光は見る見るうちに数を増していく。

勢いを増した光の落下は、さながら夜空の星が落ちてきているかのようだ。

「来たわ！　祈りが魔力に代わって、飛んできてるのよ！」

「凄《すご》い、これが人々の祈りの力……‼」

一つ一つはか細い光でも、束《たば》になった時の力は大きい。

集まった魔力の光は、町全体をぼんやりと照らし出すほどであった。

流石、聖十字教団が奥義の一つとして数えるほどの技である。

これだけの魔力が集まれば、あとは……！

俺が視線を向けると、シエル姉さんがすぐさま作業に入る。

「任せといて‼　天地よ、正しき理へ戻れ！　レヴェルス‼」

朗々と紡《つむ》がれる詠唱、驚くほどの速さで緻密に構成された術式。

やがて膨大な魔力が逆巻き、渦となりながら天に昇った。
シエル姉さん、会心の大魔法だ。
それと同時に、赤い空が洗い流されるようにして黒へと変わっていく。
煌々《こうこう》と夜空を照らし出していた赤い月。
血に濡《ぬ》れたようだったその色もまた、白く美しさを取り戻す。
赤い月の饗宴《きょうえん》は、今ここに終わったのだ。
そして——。
「うぐおおおおっ⁉」
膨張していたメガニカの肉体が、見る見るうちに縮み始めた。
それと同時に、空に浮かぶ魔力の塊が球形からいびつな形へと変形を始める。
そうか、メガニカの力が落ちてあれを制御しきれなくなったんだ！
膨大な魔力が暴走をはじめ、メガニカの身体へと逆流を始める。
「ノア、あいつにとどめを刺すのよ！　今しかない！」
「はい！　でも、足場が」
あいにく、俺は天駆を心得ていなかった。
空中でもがくメガニカの元へは、刃を届かせることができない。
すると——。

「これに乗って！」

騎士たちとの戦いから解放されたクルタさんたちが、すぐさま俺の元へと走り寄ってきた。

彼女たちはロウガさんの大盾を、さながら神輿《みこし》のように抱えている。

そして、盾の表面をポンポンと叩いて俺に乗るように促してきた。

まさか……!!

「や、でもそれは！」

「言ってる場合か！」

「ちょ、ちょっと!?」

有無を言わせず、盾の上に乗せられた俺。

そしてすぐさま、クルタさんたちは腰を曲げて――。

「飛んでけーーーー!!!!」

発射。

俺の身体は勢いよく、メガニカの方へと吹き飛ばされた。

「わっ！」

宙に放り出された俺は、どうにか途中でバランスを取る。

相変わらず、みんな俺を何だと思ってるんだ……？

心の中でわずかな不満を抱きつつも、今はそれどころではない。

メガニカの姿を正面に捉《とら》え、そのまま聖剣を構える。

そして――。

「うおおおおっ!!」

「はあああああっ!!」

ぶつかり合う力と力。

暴走する魔力に苛《さいな》まれながらも、メガニカは魔力の刃で聖剣に応戦した。

白と黒の光が交錯し、衝撃が周囲を襲う。

ともすれば、このまま弾《はじ》き飛ばされてしまいそうだ。

踏ん張るための足場がない空中では、どうしたって不利だな……!

クッソ、身体はボロボロのはずなのにまだこれほどの力が残っているとは……!

魔界の公爵の底力は、伊達《だて》ではないらしい。

押し返してくる力の強さに、腕だけではなく全身が痺《しび》れてきてしまう。

「いけ、ノア!!」

「ジーク、頑張って!!」

「負けんじゃねえぞ!!」

やがて意識が遠のきそうになったところで、地上から声援が聞こえてきた。

俺は最後の気力を振り絞ると、どうにかメガニカを押し切ろうとする。

しかし、ここで退けば負けるとわかっているのだろう。

メガニカも渾身《こんしん》の力を込めて抵抗してくる。

その瞬間であった。

「撃てっ!!」

ラージャの城壁に備えられていたバリスタ。

いつの間にか持ち場に戻っていた守備兵たちによって、これが一斉に放たれた。

しかもその矢の先端には、見覚えのある筒のようなものが括《くく》り付けられている。

あれは、ニノさん愛用の爆弾だ！

一緒に騎士と戦っている間に、守備兵たちに手渡していたらしい。

「あまいわっ！」

次々と放たれたバリスタの矢。

人の身長ほどもあるそれがほぼまっすぐに飛翔し、メガニカへと迫った。

しかし次の瞬間、メガニカはその眼から怪光線を発して迎撃する。

瞬く間に矢はすべて撃破され、その場で爆散してしまった。

「クソッ!!」

「何てバケモンだ……!!」

落胆の声を上げる守備兵たち。

一方、俺はメガニカの集中が乱れたのを見逃さなかった。
いましかない……!!
歯を食いしばり、聖剣に注ぎ込《こ》む魔力を一気に増していく。
すると――。
「なにっ!!!!」
響き渡る破砕音。
メガニカの身を守る魔力の刃が、砕けた。
たちまち聖剣がメガニカの身体に食い込んでいく。
やがて聖なる魔力を帯びた刃は、驚くほど容易《たやす》くメガニカの骨肉を斬った。
腹が裂け、赤黒い血が溢《あふ》れる。
「うおあああっ!!!!」
天を揺るがす咆哮《ほうこう》。
それを背に受けながら、俺はゆっくりと街の通りに落ちた。
もう、指の一本たりとも動かせない。
全身の魔力を残らず絞り出したことで、激しい筋肉痛とめまいが俺を襲っていた。
そうしていると、すぐさまファム姉さんたちが俺に駆け寄ってくる。
「大丈夫ですか!?」

「生きてはいるよ……」

「ひとまずこれを」

ポーションを飲まされる俺。

いや、これはもしかしてエリクサーだろうか？

身体の奥底がじんわりと温かくなり、痛みが和らいでいく。

「ありがとう、ファム姉さん」

「礼には及びません。むしろ、あの魔族を相手によくやってくれました」

俺の身体を抱きかかえると、ファム姉さんはあろうことかポンポンと俺の頭を撫《な》で始めた。

こんなふうに扱われること、いったいいつぶりだろうか？

子どもっぽい扱いに俺が少し照れていると、続いてクルタさんたちが駆けつけてくる。

「ジーク、良かった!!」

「流石だぜ、とうとう魔族の親玉もやっちまったな！」

「相変わらず、大したものですよ」

次々に俺のことを褒めてくれるクルタさんたち。

……これで、長きにわたった魔族との戦いもひと段落か。

そう思うと、身体が軽くなるようだった。

黒幕だった公爵が倒れたとなれば、魔界もしばらくは安定するだろう。

だがここで――。

「はぁ、はぁ……！　この私を、ここまで追い詰めるとはな……!!」

崩れ落ちた建物。

その瓦礫《がれき》の山を吹き飛ばし、メガニカが姿を現した。

まだ……生きていたのか……!?

血塗《ちまみ》れになりながら、傷口を押さえて立つその姿は何とも痛々しい。

おまけにその足取りはふらついていて、転んでしまいそうだ。

しかし、眼は死んでいない。

見開かれたその赤い瞳《ひとみ》には、殺気と魔力が宿っていた。

馬鹿な、まだ戦えるだけの力が残っているのか……！

「お前だけは、必ず葬る……!!」

「そんなボロボロの身体で、何ができるっていうのさ！」

すぐさま、メガニカに向かって飛び込んでいくクルタさん。

短剣を構えた彼女は、すぐさまメガニカの身体に切りつけた。

しかしそれを、無造作に振るわれた手が吹き飛ばす。

「がっ!?」

「クルタさん!!」

「ふ、今の私でもこのぐらいは容易いぞ」

「どうすんだよ……！　誰《だれ》も止められねえぞ！」

吠《ほ》えるロウガさん。

俺も姉さんたちも、消耗して身動きが取れない。

まともに動けるクルタさんがあっさりとやられてしまった以上、今の俺たちにメガニカを止める戦力はなかった。

ここまで、ここまで追い詰めてやられるのか……!?

皆の心が絶望に染まりそうになった瞬間。

どこからか、聞き覚えのある少女の声が聞こえてくる。

「そのぐらいにしてもらいましょうか、公爵閣下」

「アルカ……？」

その場に現れたのは、かつて戦った魔王軍幹部アルカであった。


――○●○――


「嘘《うそ》だろ、まさか……」

「いまからあれは無理だよ……！」

予想外の大物の登場に、戸惑う俺たち。

もはや全員が満身創痍《まんしんそうい》、とても戦う力は残っていない。

アルカがその気になれば、あっという間に街を滅ぼせるだろう。

だが一方で、メガニカの方も顔を曇らせて声を荒らげる。

どうにも、彼が味方として呼びつけたわけではないらしい。

「なぜ貴様がここにいる！」

メガニカはただならぬ眼つきで睨《にら》みつけるが、一方のアルカはどこ吹く風。

そのまま彼の元まで歩み寄ると、懐《ふところ》から何かを取り出す。

それは鈍い光を放つ、黒い手錠であった。

「魔王陛下の命により、身柄を拘束させていただきます」

「何を戯《たわ》けたことを。私を拘束する権利など、たとえ陛下にもないはずだ！」

骨が何本か折れているのだろうか。

脇腹《わきばら》を庇《かば》いながらも、メガニカは強い口調で反発した。

魔界の政治についてはよく知らないが、魔王がメガニカを抑えられるならとっくに抑えているだろう。

それを見過ごしていたということは、そう簡単には手出しできない理由があるに違いない。

しかし、アルカは冷ややかな口調で言う。

「陛下だけではなく、四大貴族の承認も得ています」

「……なに？ 馬鹿な、奴らが私を切ったというのか？」

「私はあくまで使いとして来ただけですので、詳細については存じ上げません」

「クソ、魔王の犬め！」

「なんとでもおっしゃってくださいませ」

そう言うと、アルカは有無を言わさずメガニカに手錠を掛けた。

流石のメガニカも、弱り切った現在の状態では抵抗しても無駄だと察したのだろう。

アルカにされるがまま、大人しく手錠を掛けられる。

その瞬間、手錠に刻まれていた魔法陣が淡い緑の光を放った。

「……これでよしと。はぁ、緊張したわ」

大きく伸びをして、先ほどまでとは打って変わって砕けた口調になるアルカ。

一仕事終えて緊張が解けたらしい。

彼女は俺たちの方を見ると、何とも気安い様子で話しかけてくる。

メガニカとのやり取りでうすうす察していたが、どうやら彼女は味方として俺たちの前に現れたらしい。

「久しぶり。あんたたち、なかなかご活躍だったみたいね」

「ええ、まあおかげさまで」

「まさか、人間がここまで公爵閣下を追い詰めるとは思わなかったわ。私が来なくても、あなたたちだけで倒してたかもね」

憮然とした表情をしているメガニカを横目で見ながら、アルカはそう言って笑った。

ここですかさず、ライザ姉さんが彼女に尋ねる。

「おまえが来るということは、魔界側の意見がようやくまとまったということか？」

「おおよそはね。日和見を決めてた四大貴族の同意が得られたのが大きいわ」

「詳しくは知らんが、味方が増えたということか」

「別に人間寄りになったってことではないけどね。ま、これもあんたたちが頑張ったおかげよ」

「ほう？」

予期せぬ言葉に、少し驚くライザ姉さん。

魔族が人間の頑張りを認めるなんて、意外なこともあったものである。

するとアルカは、メガニカの方を見て少し呆れたように言う。

「戦争が始まれば、瞬く間に人間界を制圧して領土を倍増させるってのが公爵閣下の言い分だったんだけどね。現状、これだけ人間を相手に苦戦しているのにそんなこと可能なのかって疑われたみたいで」

「それはそうだな。作戦がうまく行っていれば、とっくに戦争は始まっていただろう」

「なるほど。それで俺たちにあそこまで執着していたってわけですか」

俺の首に懸けられた一千万ゴールドにも及ぶ懸賞金。

ずいぶん奮発したと思っていたが、そういう事情もあったというわけか。

ここへ来て急にあれこれ動き出したのも、赤い月の夜だけでなく、魔界での情勢変化を受けてのことかもしれない。

するとここで、メガニカが俺たちから顔をそらして言う。

「……早く連れていけ。このような無様な姿、人間に見せていたくはない」

「承知しました、公爵閣下。……それじゃ、またこっちから連絡するから」

そう言うと、アルカはメガニカの身体を抱えて空に飛び上がった。

やがてその姿が空の彼方に見えなくなったところで、俺たちはほっと胸をなでおろす。

……今度こそ、今度こそ本当に戦いが終わった。

やがて身体の奥底から湧《わ》き上がるような喜びがあった。

今回倒したメガニカは、これまで起きた様々な事件の黒幕だ。

これですべてがうまく行くかはわからないが、間違いなく大きな区切りとなるだろう。

しばらくはラージャの街に平和が戻るに違いない。

「終わったな」

「ええ。これでようやく休めますよ。……あたた！」

「大丈夫ですか？　エリクサー、もう一本飲みますか？」

そう言うと、懐から追加のエリクサーを取り出すファム姉さん。

いやいや、ありがたいけどエリクサーって何本も飲むようなものじゃないから……。

逆に、過剰に回復して身体に悪いからな。

そのぐらい常識なのに、すっかり気が動転してしまっているらしい。

姉さんたちは俺のことになるといつもこうなんだよなぁ。

「追加で飲んだら逆に大変だよ。大丈夫、あとはゆっくり休むから」

「それなら、マッサージはどうでしょう？　以前よりも上達しましたよ」

「いいよ、あれ痛いから！」

「そうですか……」

どこかしょんぼりとした顔をするファム姉さん。

するとここで、通りの向こうからアエリア姉さんとエクレシア姉さんがやってくる。

どうやら安全だと判断して、建物から出て来たらしい。

「ノア、大丈夫ですの？」

「平気？」

すかさず距離を詰めてくるアエリア姉さんとエクレシア姉さん。

ここで、エクレシア姉さんがいきなり俺の身体をぎゅっと抱きしめた。

それを見た姉さんたちは、驚いたように目を丸くする。

「なっ！　抜け駆けしおったな！」

「いけませんよ、一人だけ！」

「ちょっとちょっと、何やってるのよ！」

皆で騒がしくしていると、ここで魔力を使い果たしていたはずのシエル姉さんまでもが参戦してきた。

どうやら、ポーションを貰《もら》って少し回復したらしい。

こうして勢ぞろいした五人姉妹は、いきなり俺を巡って言い争いを始める。

「ノアの看病は私がいたします。聖女ですので」

「肩書を前面に押し出すのはずるい」

「私だって回復魔法は使えるわよ」

「ノアと過ごしてきた時間の長い私が見るべきだ」

「脳筋のライザが看病なんてしたら、悪化させてしまいますわ」

「なんだと！」

何とも騒々しい姉さんたち。

その姿を見て、俺は日常が戻ってきたのを改めて感じるのだった。

第十話　思わぬ褒賞

「よ、見舞いに来たぜ」

赤い月の夜から数日後。

俺《おれ》は教会の一室で戦いの傷と疲れを癒《い》やしていた。

そこへ一足先に回復したロウガさんたちが、お見舞いにやってくる。

その手に抱えられた籠には、果物がどっさりと入っていた。

「具合はどう？　食欲は戻った？」

「ええ、だいぶ」

「良かった。ちょうど、市場でいい林檎《りんご》が売ってましたよ」

そう言ってニノさんが取り出したのは、言葉通りに良く熟れた真《ま》っ赤《か》な林檎だった。

こりゃ、甘くて蜜たっぷりだろうな。

「うわ、おいしそう！」

「すぐに剝《む》きますね」

さっそくナイフを取り出して皮むきを始めるニノさん。

しかし、その手つきはどうにも危なっかしいものだった。

皮をむくというより、削《そ》ぎ落とすとでも言った方が適切な有様だ。

見かねたクルタさんが、ニノさんから林檎を取り上げる。

「相変わらず不器用なんだから」

「すいません、お姉さま」

「謝らなくていいよ。この失敗した奴《やつ》は……ライザさんはどこ？」

周囲を見渡し、おやっと首を傾《かし》げるクルタさん。

……げ、失敗作をナチュラルに姉さんに押し付けようとしてる！

俺は何とも調子のいい彼女に、やれやれと肩をすくめた。

そして、部屋の奥にあるカーテンで仕切られた一角を見やる。

「あそこで寝てます。まだ治療中ですね」

「あのライザさんが、まだ？」

「外傷は意外と大したことなかったみたいですけど、鏡返しを使ったのがだいぶ効いているみたいで」

「……あー、やっぱりあれライザさんでも無理があったんだ」

納得した様子で、うんうんと頷《うなず》くクルタさん。

相手の技をそっくりそのまま跳ね返してしまう東方剣術の奥義、鏡返し。

それを見よう見まねで発動することは、剣聖といえども相当に難しかったようだ。

むしろ、あんなのをよく再現できたものである。

もっともそのおかげで、治療をしたファム姉さんによれば常人なら指一本動かせないような状態だったらしい。

それですぐに、他の姉さんたちと軽い言い争いをしていたというのだから……。

つくづく、大した人である。

「ファム姉さんの見立てだと、あと三日もすればよくなるそうですけどね」

「なるほど。じゃあ、あと三日はボクが有利ってことか……」

顎に手を押し当て、クルタさんは何やら考え込み始めた。

はて、有利とはいったい何のことだろう？

まさか、ライザ姉さんに決闘でも挑むつもりなのか……？

俺がそんなことを考えていると、不意にアエリア姉さんの声が聞こえてくる。

「あらあら、わたくしたちの存在を忘れているのではなくて？」

「……げ！　アエリアさん、聞いてたんですか」

「わたくし、地獄耳ですもの」

ふふんっと髪をかき上げるアエリア姉さん。

自慢げに言うけど、地獄耳ってそれはいいことなのだろうか？

どちらかというと悪口に使われる言葉のような気もするけど。

俺は疑問に思ったが、そこはあえて突っ込まなかった。

「そう簡単にはいかないか……。それで、アエリアさんはどうしてきたの？」

「ノアにちょっといい知らせがありまして。皆様にも関《かか》わることですわよ」

「ボクたちにも？」

「はい、とってもいいことですわ」

そう言うとアエリア姉さんはやけにいい笑顔をした。

……経験上、この顔をする時の姉さんはだいたい厄介な話を持ち込んでくるんだよなぁ。

俺は表情を崩さないように気を付けつつも、身構える。

「ポイタス家については知っているでしょう？」

「ええ。確か、魔剣に操《あやつ》られていた騎士の大半がこの家の所属でしたよね。マスターから聞きましたよ」

「……そのポイタス家を通じて、今回の皆様の活躍が王国に伝わったようなのですの。それで王国の方から皆様に褒賞が出ることになりましたのよ」

「……珍しい。普段はこの街のことなんて放置してるのに」

どこか呆《あき》れたような口調で言うクルタさん。

それに同意するように、ロウガさんやニノさんもうんうんと頷く。

そもそも、ラージャは国から自治を認められた独立都市。

街の運営は住民たちの合議に全面的に任されている。

国が口を出してくることなど、ほぼあり得ないのだ。

「それだけ、あなたたちの為《な》したことが大きいということですわ」

「なら、その褒賞とやらには結構期待できそうだなぁ」

……豪遊することでも考えているのだろうか？

ロウガさんが顔を緩めながらそう言った。

するとクルタさんが、分かってないなとばかりに言う。

「言っとくけど、こういうのって基本は勲章とかだからね。お金はほとんどもらえないよ」

「え、マジか？」

「マジマジ。だから、貴族関連はあんまり好きじゃないんだよねー」

「んだよ、期待して損したぜ」

「ったく、ロウガはいつも現金なんですから」

やれやれと大きなため息をつくニノさん。

しかしまあ、ロウガさんの気持ちもよくわかる。

勲章なんて持ってても、基本的にめんどくさいだけだからなぁ。

姉さんたちもいくつか持ってたはずだけど、おかげで夜会にしょっちゅう呼ばれて大変だとか愚痴っていたはずだ。

俺も勲章を貰《もら》ったら、そういう会にも出ないといけないのかな？

考えるだけで、ちょっと憂鬱《ゆううつ》だなあ。

ああいう堅苦しい場はどうにも苦手だ。

「恐らく、あなた方には騎士勲章あたりが授与されるでしょう。問題はノアですわね」

「……もっと大変なのが渡されると？」

「勲章で済めばいい方ですわ。私の予想ですと、恐らくは……」

目を閉じて、何やらもったいぶるように間を空けるアエリア姉さん。

いったいなんだ、何が起きるっていうんだ？

たまらず俺が息を呑《の》むと、アエリア姉さんがゆっくりとした口調で告げる。

「ノア、あなたには爵位が授与されますわ」

「…………はい？」

「つまりは、貴族になるということですわ」

え、俺が貴族になるの⁉

予想を超えた流れに、俺は思わず固まってしまうのだった。


――○●○――

「……王国から書状が届いた」

国から爵位を授与されるかもしれない。

そうアエリア姉さんに聞かされてから、はや数日。

傷が治った俺たちは、マスターに呼び出されていた。

とうとう正式に、俺たちに授与される褒賞の内容が決まったらしい。

「何がもらえるか楽しみだな」

「ま、ボクたちの分は大したことないだろうけどね」

「それより、どうしてアエリアさんたちもいるんですか？」

この場に同席したアエリア姉さんたちを見て、怪訝《けげん》な顔をするニノさん。

姉さんたちも活躍していたが、ここは冒険者ギルド。

冒険者ではない彼女たちがいるのは少しおかしいだろう。

するとマスターが、軽く咳払《せきばら》いをして事情を説明する。

「俺はこの街の顔役も兼ねているからな。ややこしいが、彼女たちにはギルドのマスターではなくこの街の代表者として話すことになる」

「なるほど、それで」

「マスターってこの街の代表者でもあったんですね。知りませんでした」

「おいおい、自分たちの住んでる街のことぐらいもうちょっと把握してくれよ」

呑気《のんき》な顔で言うニノさんに、マスターは少し呆れた顔をした。

しかしまあ、ニノさんの言うこともわからないでもない。

普通に暮らしていたら、街の代表が誰《だれ》かとかあんまり関係ないからなぁ。

まして、街というよりはギルドに所属しているという側面が強い冒険者である。

興味が無ければ知らなくて当然かもしれない、俺もついこの間まで知らなかったし。

「……まあ、おしゃべりはそこまでにしてだ。今から、お前たちに与えられる褒賞の内容を伝えるぞ。アエリアさんたちも聞いてくれ」

「ええ」

気安い雰囲気から一変して、威厳のある表情をするマスター。

自然と場の雰囲気が引き締まり、俺たちは背筋をしゃんと伸ばす。

「まずはアエリアさんたちについてだが、王国から騎士勲章が出ることになった。なお、ファムさんについては教会へ王国から寄付をするということになっている。聖女に勲章を授与するわけにもいかないからな」

「なかなか太っ腹じゃありませんの」

「それだけ、王国も魔族の脅威を重大な事案だと判断したってことだな」

「当然と言えば当然の判断ですわね」

「続いて、クルタたちについてだがこちらは鉄血勲章だな」

勲章の名前がピンとこないのか、はてと首を傾《かし》げるクルタさんたち。

すかさず、アエリア姉さんが説明をする。

「鉄血勲章というのは、主に戦功のあった武人に与えられる勲章ですわね。序列的には騎士勲章より一つ下にはなりますが、戦いを生業とするものならかなりの栄誉ですわよ」

「へえ……」

「まあ、俺たち冒険者にはあんまり関係ねえなあ」

「わずかですけど、恩給も出ますわよ。年間に数万ゴールドほどですが」

「ほんとか⁉」

恩給と聞いて途端に目の色を変えるロウガさん。

いつもいつもぶれないなあ……。

この分だと、恩給はすぐに酒代に消えることになるだろう。

俺たちが彼の豹変《ひょうへん》ぶりに苦笑していると、マスターが再び咳払いをする。

「で、本題がジークだ。どうも、魔族討伐の功績以外にもいろいろと事情がありそうなんだが……」

言いづらいことでもあるのだろうか？

マスターはそう言って、少しもったいぶるように言葉を濁した。

その表情は、強張《こわば》っていてかなりの一大事のようである。

たちまち、アエリア姉さんたちが怪訝な顔をする。

「何かありましたの？」

「まさか、全然評価されてないとか？」

ここで、シエル姉さんがややどすの利《き》いた声で言った。

たちまち、マスターは首をブンブンと横に振る。

「そうじゃない！　むしろ逆だ、王国は……ジークを男爵にしたいと言ってきた」

「男爵？　騎士爵か準男爵ではなくて？」

「ああ。俺も何度も確認したんだが、これで間違いないそうだ。流石《さすが》に領地は下賜されないそうだがな」

「それにしても、まさか男爵とは……」

「ああ。王国側も思い切ったことをする」

「……ずいぶん大事なんですね？」

慌てた様子のアエリア姉さんとマスターに、俺はすぐさま尋ねた。

すると姉さんは、ゆっくりと深く頷いて言う。

「ええ。男爵となると、一代限りではなく家として継承していくことが認められますわ。一部では男爵以上を正式な貴族と見なす風潮もあるぐらいでして……。まさかここまでとは」

「ノアを囲い込むつもりなんじゃないの？　ついでに、私たちともつながりを持とうとしているとか」

「あり得るな。だとしたら、この話は少し考えた方がいいかもしれん」

「そうね、探りを入れた方が良さそうだわ」

あれこれと話し合いを始める姉さんたち。

するとここで、マスターが面倒ごとに巻き込まれてはごめんとばかりに言う。

「……あー、それで都で正式に叙爵の式典が行われるそうだ。詳しいことはそっちで聞いてくれ。あとのことは、王国とそっちの問題だからな」

うぅ、わざわざ式典まであるのか……。

そりゃそうだよなあ、男爵だもんなぁ。

恐らく、新たに男爵になる者が現れるのも久しぶりだろう。

大規模な戦争でもない限り、貴族階層が入れ替わるのは非常にまれだ。

平民からの成り上がりは、だいたい一代貴族までだし。

それこそ、姉さんたちぐらいの功績がいる。

「ひとまず、どうすべきかみんなで相談しましょう」

「ですね、久々の会議といきましょうか」

「今回はノアにも同行してもらう、決定」

ポンッと断言するエクレシア姉さん。

残念ながら、俺に拒否権はないらしい。

他の姉さんたちも同意して、否定できない空気にされてしまう。

「ま、当然ね。ノアがメインの話なんだし」

「本人がいなくては始まりませんわ」

「……なら、ボクたちは先に宿に戻ってるよ」

「だな、お暇《いとま》しとこうか」

雰囲気的に、身内の話だと感じたのだろう。

クルタさんたちはそれとなく帰ろうとした。

しかしここで、アエリア姉さんが彼女たちを呼び止める。

「いえ、あなた方にも関わる話ですわ。なので参加してくださいまし」

「ボクたちにも？」

「ええ。ノアの今後については、仲間であるあなたたちにも関わりますから」

深刻な顔で告げるアエリア姉さん。

これは、下手をすればここから先の話し合い次第で俺の今後の人生が決まるかもしれない。

姉さんたちの険しい表情を見て、俺はそう直感するのだった。

――○●○――


「では第十四回、拡大お姉ちゃん会議を始めますわ」

男爵叙爵の話を聞いた、その日の夕方。

俺たちパーティと姉さんたちは、フィオーレ商会の会議室へと集まっていた。

お姉ちゃん会議などという緩いお題目の割には、皆、緊張した空気を纏《まと》っている。

……というか、お姉ちゃん会議っていったい何なのさ？

第十四回とか言ってるけど、俺がいない間にそんなに会議してたの？

不在の間、姉さんたちが何を話していたのか俺はちょっと心配になる。

「さてと、本日の議題は……ノアが男爵になることですわね」

「いつかは貴族になると思ってたけど、思ったより早かったわ」

「そうですね、ずっと無理なら私が推挙しようと思っていましたし」

「わたくしも、折を見ていろいろと考えておりましたわ。このような形は予想外でしたが」

サラッと恐ろしいことを言い始める姉さんたち。

俺がいずれは貴族になることが確定していたような口ぶりだ。

いや、正確に言えば自分たちで貴族にするって感じか？

我が姉ながら、何だかとんでもないことを考えていたんだな……。

「それで問題なのが、ノアの今後ですわ」

「今後って、男爵になっても別に領地は貰わないですよね？　だったら、別に大して変わらないのでは？」

「……いえ、男爵ともなるといろいろと変わりますわ」

俺の言葉に対して、わかってないとばかりに肩をすくめるアエリア姉さん。

彼女は俺に近づいてくると、スッと人差し指を額に当てる。

「いいですこと、ノア。男爵となれば正式に貴族階級の一員、それに相応しい振る舞いが求められるようになりますわ」

「それは何となく理解してます」

「貴族らしい振る舞いをするとなりますと、当然ながら冒険者としての活動は続けられなくなりますわよ？」

アエリア姉さんにそう言われて、俺はハッとしてしまった。

冒険者を続けられないとなれば、今の俺の生活は根本的に変わってしまう。

ラージャを離れることになるだろうし、クルタさんたちとも仲間ではいられなくなる。

それだけじゃないぞ、日々の生活から何からすべてが同じではいられないだろう。

俺は慌てて、一縷《いちる》の望みを求めるように言う。

「で、でも貴族でも冒険者をやってる人はいるよ？」

「あれは当主ではない立場の方々ですわ。ですが、ノアが新たに男爵となればその家の当主ということになります。冒険者として活動することは認められないでしょうね」

「そ、そんな……例外は？」

「基本的にはありませんわ」

アエリア姉さんの返答を聞いて、愕然《がくぜん》とした顔をするクルタさん。

同様に、ロウガさんやニノさんも渋い表情をする。

「いずれこうなるんじゃないかって気はしてたが……早かったな」

「ええ、超スピード出世ですね。それ自体は喜ばしいことですけど……」

「うぅ、ジーク……いっちゃうの……？」

今にも泣きだしそうな顔で、俺を見つめてくるクルタさん。

その訴えかけるような目線につられて、俺も胸を締め付けられるような思いがする。

こちらとしても、こんな形で別れるのは不本意だ。

俺はまだ……この街に残りたい。

ここに残って、もっとみんなと冒険したい！

「……叙爵の話、断ることはできないんですか？」

口から自然と、そんな発言がこぼれた。

そもそも、貴族になりたいと思ったことなんてないのだ。

それで冒険者を続けられなくなるというのならば、ならなければいい。

非常にシンプルな結論だが、ここでライザ姉さんが渋い顔をして言う。

「それもなかなか難しいだろう。相手の面子《めんつ》を潰《つぶ》すことになるからな」

「そうね。意思決定にはかなりの大物が絡《から》んでるだろうし……。最悪、この国の王も動いてるかも」

「断るのは難しい」

口々に厳しい言葉を発する姉さんたち。

貴族や国にとって、面子というものは時に何よりも重要なものである。

それを潰すということは、喧嘩《けんか》を売っていると言っても過言ではない。

国を相手にそれをやるのは、相当の覚悟がいるだろう。

最悪、追放ぐらいにはなっても不思議ではない。

「ノア、これはあなたにとって重要な判断となりますわ。大人しく貴族となるか、それとも王国に逆らってこのまま冒険者を続けるか」

「……そんなの、決まってるじゃないですか。俺は冒険者を続けます。誰が何と言おうと、やめるつもりはありません」

俺がそう言うと、姉さんたちははぁっと深いため息をついた。

そして、どこか諦《あきら》めたような顔で言う。

「そう言うと思った」

「私たちの言うことも聞かなかったノアですものねえ」

「だが、王国と喧嘩をするとなるとラージャに居続けるのは難しいかもしれんな。最悪、あれこれ理由を付けて街の自治まで口出ししてくるかもしれん」

「そうですねえ、私たちが滞在できれば守ることもできるのですが……」

「いつまでもいるわけにはさすがにいかない」

うーんと困った顔をする姉さんたち。

するとここで、すかさずクルタさんが手を上げる。

「あ、あの！　ジークと一緒にいられるなら、他の国にでも行くよ？　大陸中……ううん、東の国にだって行っちゃうんだから！」

すかさず、クルタさんが嬉《うれ》しいことを言ってくれた。

ラージャに屋敷を持っている彼女が、街を離れてもいいと言ってくれるなんて。

ロウガさんやニノさんも、彼女に同意しながら俺の手を握ってくれる。

……これまで、幾多の冒険を共に越えてきた仲間たち。

彼女たちとの間に育まれた絆《きずな》を感じて、俺はつい涙をこぼしそうになってしまう。

「うう、ありがとうございます……！」

「おいおい、泣くことはないだろ？」

「そうだよ、仲間なんだから当然だよ」

「みんな……」

自然と体を寄せ合うような格好となる俺たち。

するとそれを見た姉さんたちは、相変わらず険しい表情をしながら言う。

「ですが、国と問題を起こした人間を他国もそう簡単には受け入れないかもしれませんわ。簡単に移住というわけにも」

「それでも、俺はみんなと一緒に冒険したいよ」

「ボクたちもそう！　まだまだ冒険し足りないよね！」

「決意は固いのですね？」

「ええ」

他の姉さんたちとは違って、少し心配そうな顔をしながら問いかけてきたファム姉さん。

それに対して、俺は深く頷きを返した。

俺の中では、完全に心が決まっている。

今さら、何を言われても揺らぐつもりはない。

すると、その意志の頑強さを察したのかアエリア姉さんが諦めたように言う。

「……わかりました。そこまで言うならば、私たちも協力しましょう」

「協力って、どうするつもり？」

「それは後でのお楽しみですわ。ふふふ、忙しくなりますわよ！」

そう言うと、先ほどまでとは打って変わって楽しげな顔で笑うアエリア姉さん。

アエリア姉さんがこの顔をする時は、だいたい大きな計画をしている時なんだよな……。

俺は姉さんの笑顔を心強く思いながらも、何かありそうだと少し怖く感じるのだった。

閑話

王たちの陰謀

冒険者の聖地として知られるラージャ。

広く自治を認められているこの街であるが、一応、とある王国に所属している。

その国の名をラーフォルマ。

周辺諸国からは、小規模ながらも精強な軍を有する国として知られていた。

「それで、返事はどうだ？」

ノアたちのもとに書状が届いた数日後。

ラーフォルマの王宮にて、王が宰相に問いかけた。

今回の叙爵について、積極的に話を動かしていたのは王自身だったのである。

するとたちまち、宰相である小柄な老人は困ったように眉間にしわを寄せる。

「恐れながら、まだのようでございます」

「ずいぶんと遅いな。すぐに飛びついてくると思ったが」

はてと考え込むように、顎髭《あごひげ》を撫《な》で始める王。

彼の価値観において、平民から貴族となることは最高の栄誉であるはずだった。

そのため、即座に返事をしてこないことが理解できなかったのである。

一方、王と比べれば比較的庶民の考えが分かる宰相は宥《なだ》めるように言う。

「貴族の地位には相応の責務が伴います。背負うもののない冒険者の立場から貴族となるには、それなりに覚悟がいるのでしょう」

「……そういうものであるか」

「ええ。ですが、心配なさらずともじきに良い返事が来るでしょう」

「ふむ。まあ、断ることはありえんだろうからな」

そう言うと、椅子《いす》に深く腰をうずめて笑みを浮かべる王。

すっかり機嫌を良くした様子の彼に、宰相もまた笑いながら言う。

「しかし、これで彼の者が男爵となれば有力な手駒となりますな」

「うむ。加えて、あの者の身内も我が国の影響下に置くことが出来よう」

「あれだけの有力者を一気に抱き込めば、王国も安泰でしょう」

「上手《うま》くすれば、ギルドの影響を排してラージャの直接統治もできるかもしれん」

このラーフォルマ王国にとって、ラージャの完全なる支配は長年の悲願であった。

冒険者の聖地として知られるこの街を直轄地とすることができれば、国に莫大《ばくだい》な利益《りえき》をもたらすはずなのだ。

ノアを抱き込むことで得られる、彼の姉たちとの深いつながり。

それを駆使すれば、これを果たすことができるかもしれないという希望があった。

いや、それどころかさらなる利権をいくつか得られるかもしれない。

フィオーレ商会や教会とのコネクションは、それだけ重要なものだった。

「……そうだ。ポイタス家には確か、美しいと評判の令嬢がいたな」

「ミスルカ嬢のことでしょうか」

「ああ、そのような名前だった。あの娘と新男爵を結びつけるのはどうだ？」

「それは妙案ですな！　我が国の有力貴族と縁戚となれば、ますます結びつきも強まるでしょう！」

「ははは！　ではさっそくそのように取り計らえ」

「仰せのままに」

深々とお辞儀をすると、すぐさま秘書官を呼びつけて手配にかかる宰相。

その様子を見ながら、王は満足げにうんうんと頷《うなず》く。

彼の脳裏には既に、さらなる繁栄を遂げた王国の姿が鮮明に映し出されていた。

しかしここで、一人の文官が慌てた様子で広間に入ってくる。

「何事だ？　王の御前で騒々しいぞ」

「……申し訳ございません！　ですが、火急速やかに報告すべきことが」

「だからと言ってだな……」

「よい、申してみよ」

宰相の小言を遮《さえぎ》り、発言を許可する王。

すると文官は深々と平伏しながらも要件を告げる。

「例のジークという冒険者なのですが……。叙爵の話を断って参りました」

「……もう一度」

「は、はい。例の冒険者が叙爵の話を断りました」

たちまち、場の空気が凍り付いた。

驚いた王は唖然《あぜん》とした表情をしたままゆっくりと玉座から立ち上がる。

「馬鹿《ばか》な！　平民が貴族になれるのだぞ！　それを断ったというのか!!」

「そ、その通りです……」

「なぜだ、これ以上の栄誉はあるまい!!　理由はなんだ!?」

「貴族の立場は、自身には重すぎるとのことで……」

「ぐぬぬぬ……!!」

屈辱に顔を歪《ゆが》め、歯ぎしりをする王。

自身の持つ権威や価値観を、真正面から否定されたような心持ちであった。

――このままにしておくわけにはいかない。

王は怒りを表すように、手にしていた杖《つえ》で床を突く。

「ジークと申したか。その者をすぐにこの国から追い出せ！」

「ですが、適当な理由が……」

「そのようなもの、でっち上げてしまえば良い！」

「は、はぁ……」

王の怒りに圧倒され、まともに意見を言うことすらできない宰相。

王は取り立てて温厚な人物というわけではなかったが、それなりに分別はわきまえている。

それがここまで怒りを露《あら》わとすることは、相当に珍しかった。

するとここで、先ほど報告をした文官が身を小さくしながら言う。

「その、実はまだ報告が……」

「なんだ、続きがあるのか！」

「ジークという者は既に、我が国の領土を出ております」

「他国へ逃れたのか？　ならば、すぐにその国とつなぎを取って……」

「いえ、他国でもありません」

自国でもなければ、他国でもない。

謎《なぞ》かけのような文官の答えに、王は不機嫌そうに首を傾《かし》げた。

宰相もまた、よくわからない回答にいら立つ。

「どういうことだ？　そんな場所なかろう！」

「……魔界と人間界の狭間《はざま》の無主地です」

「境界の森とその周辺か。だが、そのような場所に長くは住めまい」

魔界と人間界を隔てる境界の森。

その周辺は、どこの国の領地にも属さない無主地である。

しかしながら、凶暴な魔物の闊歩《かっぽ》するこの場所には町はおろか村すら存在していない。

逃げ込んだところで、暮らしていくのは不可能なはずだった。

だが……。

「それが、森の一部を切り開いて自治都市を作ろうとしているようで」

「…………は？」

あまりにも予期せぬ行動。

王は怒るのも忘れて、しばし言葉を失うのだった。

第十一話　新天地

男爵叙爵の話を断って、はや数日。

俺《おれ》たちはラージャの街を離れ、境界の森のほど近くへとやってきていた。

この辺りはもともと、所有者の存在しない無主地。

周囲に村や街もなく、地図上にぽっかりと空いた空白地帯《スペース》となっている。

元はこの辺りにも国があったらしいが、数百年前の魔族との戦いによって滅んで以来、再興されることなく今に至っているという。

――この場所に自治都市を築き、俺たちの新たな拠点とする。

それが、アエリア姉さんの考え出したアイデアであった。

国から追放されるであろう俺を、どこにも迷惑を掛けずに保護するためである。

元はウィンスター王国に行くという話もあったが、王家に大きな借りを作ること、冒険者として活動するには環境が悪いということで無しになった。

それにウィンスターは俺の地元ではあるけど、みんなにとっては遥《はる》か彼方《かなた》の異国。

気軽に戻ってくることも難しいからなぁ。

「そりゃあっ!!」

森に向かって斬撃を放つライザ姉さん。

宙を飛ぶ真空の刃が、たちまち木々を薙《な》ぎ倒していく。

森の中にぽっかりと空き地ができあがった。

さらに残った切り株を、今度はシエル姉さんが魔法で焼き払っていく。

「……だいぶ土地もできて来たわね」

「ああ、広さはそろそろ十分だな」

後ろを振り返りながら、額の汗を拭うシエル姉さん。

つい数時間ほど前まで深い森だった場所が、今ではもうすっかり更地と化していた。

土地の広さだけならば、既に村どころか小さな町が入るぐらいである。

剣聖と賢者が本気で開拓をすると、驚くほどに効率がいいらしい。

「しかし、行く場所が無いから新しく街を作ろうなどとは。アエリアもとんでもないことを考える」

「いいんじゃない、街づくりなんてけっこう楽しそうだし」

「だが、仮に街を作ったところで国に取り込まれるのが関の山じゃないのか?」

「そこについては、ファムがいろいろと根回しするみたいよ。対外的には、魔族の侵攻に備えた教会領のひとつってとこに落ち着くんじゃない」

ファム姉さんの方に眼を向けるシエル姉さん。

実際、既に大陸には教会の領地として国際的に認められた都市はいくつか存在する。

新たにできるこの街も、将来的にはその一つに加わるらしい。

たった一週間ほどの間に、そこまで手配を済ませてしまうとは……。

アエリア姉さんはもちろん、ファム姉さんの行動力も大したものだ。

穏やかそうに見えて、そういう根回しもできるらしい。

……何だかちょっと、姉さんが怖く見えてきた。

「みんなー！　ご飯できたよー！」

「はーい‼」

ここで、食事の支度《したく》をしていたクルタさんが俺たちを呼びに来た。

彼女に先導されて、切り開いた土地の中心部へと移動する。

するとそこには、驚いたことにいくつもの建物ができていた。

アエリア姉さんの手配した建設業者が、急ピッチで作業を進めたらしい。

そのうち、二階建ての酒場らしき建物に俺たちは入っていく。

「よっ！　先に食べてたぜ」

「うわー、けっこう豪勢じゃないですか！」

「みんな身体を使ってるからねー、アエリアさんに頼んでいい材料を用意してもらったんだ」

「なかなか精が付きそうだな」

そう言うと、さっそく骨付きの肉を頬張《ほおば》るライザ姉さん。

こうして俺たちが昼食を食べ始めると、アエリア姉さんがやってくる。

「ふぅ、とりあえず最低限の手配は済ませましたわ。これであと一か月もすれば、基本的な街の形はできあがりますわよ」

「さっすがフィオーレの会頭、仕事はやい！」

「ほんとですか？」

「ええ。ライザとシエルのおかげで思った以上に早く森を切り開けましたし、モンスターの被害も予想以上に少なかったですからね」

「それについては、ボクたちのおかげでもあるね！」

腕組みをして、誇らしげにうんうんと頷《うなず》くクルタさん。

時折、森から迷い出てくるモンスターから作業員さんたちを守るのは、主に彼女たちの役目だった。

被害が出ていないということは、それだけ頑張ったということなのだろう。

奮闘の証しなのだろうか、よくよくみると鎧《よろい》に傷が増えている。

「そろそろ私の方で魔除《まよ》けの儀式をしますので、モンスターもほとんど入ってこなくなるでしょう」

「助かりますわ。あとは外壁を作れば、もう安全ですわね」

「そっちについては私に任せて。土魔法でいいのがあるから」

「壁ができたら言って、装飾して名所にする」

どこからか彫刻刀を取り出し、気合い十分のエクレシア姉さん。

こりゃ、またとんでもない作品が生まれそうだなぁ。

それ目当てに観光客がたくさんやってくるかもしれない。

「街が落ち着いたら、私は周辺のモンスターを間引いておこう。このままでは、普通の冒険者では狩り場として利用できんからな」

「俺も手伝いますよ。姉さんに任せといたら、絶滅させかねませんから」

「む、私を何だと思ってるんだ？」

そう言うと、拗《す》ねたような顔をするライザ姉さん。

それを俺がまあまあと宥《なだ》めていると、ここでロウガさんが言う。

「こうなってくると、そろそろあれを決めないとな」

「何ですか？」

「名前だよ。いつまでも名無しの街じゃ格好がつかねーだろ」

「それもそうですわね。すっかり失念しておりましたわ」

ポンッと手を突くアエリア姉さん。

言われてみれば、街の名前については誰《だれ》もまだ考えていなかった。

どの範囲を街とするかすら、ついさっき定まったような状況なのだから無理もない。

うーん、どうしよう？

こういう時に頼りになりそうなのは、エクレシア姉さんのような気がするけど……。

その場にいた誰もがそう思ったのか、自然と視線が集中する。

すると——。

「ムニュメニューンがいい」

「………エクレシア、あなたってネーミングに関するセンスだけはないんですのね」

「それは心外。アエリアよりマシ」

「なんですって？　そんなぬるっとした名前より、遥《はる》かにマシな名前を思いついてみせますわよ！」

まさに売り言葉に買い言葉。

アエリア姉さんは軽く顎を撫《な》でながら、すぐさま自信に満ちた顔をして言う。

「ブリリアダイヤモンドキャッスルとかどうでしょう？」

「長い！　派手過ぎ！」

「そういうシエルは何がいいんですのよ！」

「そうねえ、森の畔《ほとり》だから……フォレストサイド？」

「安直ですわねえ……」

「ブリリアダイヤモンドキャッスルよりはいいわよ！」

「ゼノガゼスなんてどうかな？　強そう！」

「強そうって、街に強さなんていりますこと？」

ああだこうだと言い争いを始めてしまう姉さんたち。

そこへさらに、クルタさんたちまでもが加わって収拾がつかなくなってしまう。

……何だか変な名前に決まってしまいそうだし、こうなったら俺も意見を出すべきかなぁ？

そう思い始めたところで、俺はふとある単語を思いつく。

「……アーク、なんてどうですか？」

「んん？　どういう意味ですの？」

「古代の方舟《はこぶね》の名前です。大陸中の生き物を乗せたその方舟みたいに、誰でも受け入れる街になってくれたらなって」

「へえ、なかなかいい由来じゃない」

「いいじゃねえか、俺は賛成だ」

「流石《さすが》はノア、やりますわね」

「反対する理由がない」

やがて、自然と拍手が起こり始めた。

新しい街の名称は、アークに決定した。

今はまだほとんど何もない場所だが、これからすぐにいろいろできていくだろう。

街の発展した姿とこれからの新生活を思い浮かべると、自然とワクワクしてくる。

まさか、自分たちで新しい街を作ることになるなんて思いもよらなかった。

「そうだ、名前が決まったら次は町長じゃない？」

「長なんていりますか？　合議制でいいんじゃないですかね」

ラージャの街も、有力者たちの合議で運営されているのである。

新しい街もその方式で問題ないのではなかろうか。

俺がそう思っていると、アエリア姉さんが軽く首を横に振る。

「いえ、代表はいた方がいいですわ」

「どうしてです？」

「まだ街が安定していない状態で合議制を取ると、意思決定に時間がかかり過ぎますわ。それに、有力者を誰にするのかという問題が起きますわよ」

「私たちはじきに引き上げちゃうからね。けど、合議制を取るならこれだけ街の建設に関《かか》わった人間を入れないわけにもいかないでしょ？」

「あー、言われてみれば」

この街の建設は、ほぼ姉さんたちの力によって行われている。

フィオーレ商会の資本や聖十字教団の政治力はもちろんのこと、シエル姉さんの魔法技術やエクレシア姉さんの芸術センスにも大いに頼っている。

合議制を取るならば、その意向を無視することはできないだろう。

それよりは、姉さんたち公認の町長を置いた方が何かしらスムーズだ。

しかしそうなってくると、町長というのは……。

「……………もしかしなくても、町長は俺ですか？」

「もちろん。それ以外ありえないわね」

「いやでも、それだと結局は貴族みたいなことになりません？」

「そこは心配いりません。うちの方で優秀な秘書たちを用意しますから、最終的な意思決定だけすればいいのですわ」

そう言うと、アエリア姉さんは酒場の端で待機していた女性たちへと視線を走らせた。

揃《そろ》いの制服を着た彼女たちは、胸にフィオーレ商会のエンブレムを付けている。

俺が町長になることを、アエリア姉さんはあらかじめ想定して準備していたようである。

相変わらず、手際がいいというか何というか……。

「町長はいずれ他の者に任せてもいいですし、貴族のように夜会へ出ることもございませんわ。冒険者として活動を続けるには、何の支障もありませんことよ」

「なるほど……。既に準備は整ってるってわけだ」

「こりゃ逃げられねえな、ジーク」

ポンッと俺の肩を叩《たた》くロウガさん。

彼に同意するように、クルタさんやニノさんもうんうんと頷く。

……どうやら、俺に逃げ場はもはや残されていないらしい。

覚悟を決めた俺は深呼吸をすると、静かに宣言をする。

「わかりました。町長になります」

「いいぞ、ノア！」

「やったぁ！　ノア町長、バンザイ！」

再び巻き起こる盛大な拍手。

こうして、新しい街アークでの生活が始まるのだった――。

おまけ

新都市アーク、ただいま建設中！

「だいぶ市街地ができてきたわね！」

境界の森とその周囲の原野を切り開き、確保された広大な敷地。

そこに新たな都市が急ピッチで建設されつつあった。

俺《おれ》たちがラージャを立ち、この場所へやって来てからはや二週間。

フィオーレ商会の資本投下もあって、街づくりは順調に進んでいた。

今では暮らしに必要なものはおおよそ整い、防壁なども備えられている。

街の人口も、森のモンスターを目当てに集まった冒険者を中心に急速に増えつつあった。

「よう、俺もこっちに来たぜ！」

「あ、バーグさん！」

クルタさんと一緒に街の見回りをしていると、バーグさんが声をかけてきた。

大きな荷車を引っ張っていて、引っ越しの最中のように見える。

「こっちに支店を建てることにしたんだ。境界の森の素材は、いろいろと使いでがあるからな」

「へえ、それで！」

「親父《おやじ》が来てくれれば、こっちの冒険者たちも安心だな！　これで武器が壊れても、ラージャまで修理に行かずに済む」

そう言うと、楽しげに笑うロウガさん。

長年の友人が来てくれて、いろいろと嬉《うれ》しいのだろう。

バーグさんの仕事が早く終わった日などは、二人で飲みに行ってたらしいからなぁ。

「ええっと、これで今までにアークにできた施設は……。家に宿に食事処《しょくじどころ》に、あと酒場に鍛治屋かな？」

「ギルドの支部と教会もありますよ」

「ああ、抜けてた！　となると最低限必要なものは揃《そろ》った感じかな」

次第に完成に近づきつつある街並みを眺めながら、満足げに呟《つぶや》くクルタさん。

だがここで、ふとニノさんが思いついたように言う。

「ダメです、まだこの街にはあれがありません！」

「あれ？」

「公衆浴場です！」

声を大きくして、ずいぶんと力強い口調で言うニノさん。

彼女はそのまま、拳《こぶし》を振り上げて熱く語り出す。

「大きいお風呂《ふろ》は街に絶対に必要です！　あれがないと一日の終わりに気分をさっぱりできません！　断固、次に作るべきは公衆浴場です！」

……いつの間にやら、次に作るべき施設の話になってしまった。

しかし、ニノさんの言うこともわからないではない。

ラージャの街には、冒険者が一日の疲れを癒《い》やすための大きな公衆浴場があった。

このアークの街も基本的にはラージャと同様に冒険者が主役となる予定である。

戦いの疲れを癒やすための浴場があっても、まあいいだろう。

だがここで、クルタさんが異論を唱える。

「お風呂なら家にもあるでしょ。ボクはそれより、立派な劇場が欲しいな！」

「いえ、ダメです！　大浴場だけはたとえお姉さまでも譲れません！　それに劇場って、ラージャの街にもありませんでしたよね？」

「なかったからこそ、作れば観光資源になるんじゃない？」

「……確かに、ラージャにはそういうのはあんまりなかったからな」

顎に手を押し当てながら、そう呟《つぶや》くロウガさん。

言われてみれば、ラージャにはその手の文化施設はあまりなかった。

冒険者の街という土地柄と、もともとは前線の城塞都市だったという成り立ちから土地に余裕がなかったためだろう。

「予算も無限にあるわけではないですし、街にどんな施設を作るかはしっかり考えた方が良さそうですね」

「むむ……！　私はやっぱり浴場推しですが、考える必要はありそうですね」

「ええ、どうせなら……」

俺がそう言ったところで、ライザ姉さんの姿が見えた。

ちょうど、モンスターの間引きを終えて戻ってきたところらしい。

大きなオオカミのようなモンスターを、縄で縛って背負っている。

「あ、姉さん！　ちょうどいいところに！」

「どうした？　また街にモンスターでも出たのか？」

「そうじゃなくてさ。いま、街にどんな施設を作るかみんなで話してたところなんだ。で、姉さんにも意見を聞こうと思って」

「そういうことか。なら、私の答えは決まっている」

大きく胸を張り、やけに自信満々な様子のライザ姉さん。

よっぽど、この街にとって必要だと思う施設なのだろうか？

俺がそんなことを思っていると、姉さんは朗々と告げる。

「闘技場だ！　闘技場を建てろ、絶対に流行《はや》るぞ！」

「いやいやいや！　それは優先順位が低いと思いますよ！」

「そんなことはない！　この街の住民は冒険者主体になる予定だろう？　ならば、闘技場のような施設は流行るぞ」

「あー……。そう言われると、意外に土地柄にはあってるかも？」

「そういうのが好きな奴《やつ》も多いからなぁ」

「だね。案外否定できないかも」

姉さんの意見を否定しきれないといった様子のロウガさんとクルタさん。

単に姉さんがそこで戦いたいだけに思ったが、闘技場のような施設は場所によっては結構人気がある。

大剣神祭を開催している武の国エルバニアなどがいい例だろう。

この街に集まるのが武を生業とする冒険者であることを考えると、あながち作る施設としては間違ってはいないのかもしれない。

「……一応、考えておきましょうか。あとは、他の姉さんたちの意見も聞きに行きましょう」

「一応というのが気に入らんが、他の意見を聞くのは賛成だ」

こうして、ライザ姉さんとともに他の姉さんたちの元を回る俺たち。

すると研究所が欲しい、アトリエが欲しい、大聖堂が欲しいと意見が返ってくる。

……ファム姉さんの大聖堂以外は、何だか私的な感じだなぁ。

あくまで街に作る公共の施設ということを、ちょっと忘れていないだろうか。

そもそも、姉さんたちはそろそろこの街から引き上げるからほとんど使わないだろうし。

「何だかんだ、私の闘技場というのが一番ましではないか」

「姉さんたちの中だと、そうかもしれないですねえ……」

「でも、まだアエリアさんが残ってるよ。あの人ならいい意見があるんじゃないかな」

「ふ、あいつのことだから宮殿とか言うかもしれんぞ」

アエリア姉さんが、いったいどんな施設を建てたがるのか。

俺たちはあれこれ予想しながら、姉さんのいる商会の建物へと向かった。

こうして扉を開くと、すぐに忙しく指示を出すアエリア姉さんの姿が見える。

「あらノア、どうしましたの？」

「いえ、ちょっとみんなで次に建てる建物は何がいいかって話をしてて。それで、アエリア姉さんの意見も聞こうかと」

「ふぅん。みんな、どんな意見を出しましたの？」

「公衆浴場、劇場、闘技場、研究所、アトリエ、大聖堂です」

俺がそう言うと、アエリア姉さんは呆《あき》れたように額に手を当てた。

そして、はあっとため息をついて言う。

「そんなの、決まってますわ。役所ですわよ」

「役所？」

「ええ。今のところこの商会が役所の代わりとなっていますが、いつまでもそういうわけにはいかないでしょう？」

「ああー、それはそうですね」

ぐうの音も出ないほどの正論であった。

皆もそう思ったのか、思わず言葉を失ってしまっている。

うん、これは次に建てるのは役所だな。

考えてみれば、今までそういった施設が無かった方がおかしいのだ。

「決まりだね。まあ、みんなの言った施設は後回しにしようか」

「ま、金のかかるデカい箱ものばっかりだったしな」

「仕方ありませんね」

アエリア姉さんの意見を聞いて、そのまま三三五五に部屋を後にする俺たち。

するとここで、ロウガさんがスッと距離を詰めてくる。

「……なあジーク、もちろん後回しでいいんだがな。俺にも作ってもらいたい施設がある」

「何ですか？」

俺が軽い調子でそう返事をすると、ロウガさんは何やら深刻そうな顔をした。

……いったい何を言うつもりなのだろう？

彼のあまりにも真剣な表情に、俺はゴクリと唾を飲んだ。

そして——。

「男の遊園地だ」

「絶対にダメです!!!!」

あんまりにもあんまりな提案に、思わず大声を出してしまう俺。

何はともあれ、新しい街アークの開発は順調そのものだった——。

あとがき

読者の皆様、こんにちは。

作者のkimimaroです、まずは本書をお手に取って頂きありがとうございます。

本シリーズもとうとう八巻目となり、かなりの長編となってまいりました。

今回はいよいよ五人姉妹が集結し、強大な敵に立ち向かいます！

姉妹たちとノアの活躍にぜひご期待ください！

また最後には、作品の方向性に関わるような新展開もございます。

果たして、姉妹たちとノアはいかにして敵を打ち破り、そしてどのような結末を迎えるのか。ぜひ最後までお読みになってください、今まで本シリーズをご愛読下さった読者様ならば必ず喜んでいただけるような面白い展開に出来たと自負しております！

それから毎度のことではございますが、今回ももきゅ先生に素晴らしいイラストを描いていただきました。

いずれも素敵なイラストでございますが、特に姉妹五人が揃った口絵がとても迫力があり、著者として気に入っております。

これだけでも本書を買って損はないと言いたいぐらいの仕上がりです。

ぜひ、挿絵の方にも注目して読んでみてください。

最後に、編集部の方々をはじめ本書の流通にかかわる方々すべてにこの場を借りて感謝を。
本書がこうして無事に読者様の手元に届いているのも、皆様のおかげです。大変ありがとうございました。

二〇二四年　一月

**ファンレター、作品の
ご感想をお待ちしています**

〈あて先〉

〒105-0001
東京都港区虎ノ門2-2-1
ＳＢクリエイティブ（株）
ＧＡ文庫編集部 気付

「kimimaro先生」係
「もきゅ先生」係

**本書に関するご意見・ご感想は
右の QR コードよりお寄せください。**

※アクセスの際や登録時に発生する通信費等はご負担ください。

https://ga.sbcr.jp/

家で無能と言われ続けた俺ですが、世界的には超有能だったようです 8

発　行　　2024年2月29日　初版第一刷発行
著　者　　kimimaro
発行者　　小川　淳

発行所　　SBクリエイティブ株式会社
〒105-0001
東京都港区虎ノ門2-2-1

装　丁　　AFTERGLOW

印刷・製本　中央精版印刷株式会社

ISBN978-4-8156-2464-4
Printed in Japan　　GA文庫

試読版は
こちら!

毎晩ちゅーしてデレる 吸血鬼のお姫様

GA文庫

著：岩柄イズカ　画：かにビーム

「ねえ、しろー……ちゅーしていいですか？」

普通の青春を送るため上京してきた紅月《あかつき》史郎《しろう》は学校の帰り道、吸血鬼のテトラと出会う。人間離れした美しさとスタイルを持つ彼女だが、実は吸血鬼なのに血が苦手だという。史郎は新鮮な血でないと飲めないというテトラの空腹を満たすため血を差し出す。「そこまで言うなら味見してあげなくもないのですよ？」と言いながらひと口飲むと次第に表情がとろけだし――？

「しろーの、もっと欲しいです……」

なぜか史郎の血と相性が良すぎて依存してしまいテトラの好意がだだ漏れに!?　毎晩ちゅーをせがむ吸血鬼のお姫様とのデレ甘ラブコメ！！

第17回 GA文庫大賞
GA文庫では10代~20代のライトノベル読者に向けた
魅力溢れるエンターテインメント作品を募集します！
書く、その先へ。
イラスト／はねこと
大賞賞金300万円+コミカライズ確約！
◆募集内容◆
広義のエンターテインメント小説（ファンタジー、ラブコメ、学園など）で、日本語で書かれた未発表のオリジナル作品を募集します。希望者全員に評価シートを送付します。
※入賞作は当社にて刊行いたします。詳しくは募集要項をご確認下さい。
全入賞作品を刊行までサポート!!
応募の詳細はGA文庫公式ホームページにて
https://ga.sbcr.jp/